Primi classici
per i più
Piccoli

ILLUSTRATI DA **TONY WOLF**

DAMI EDITORE

Primi classici
per i più Piccoli

20 Maggio 2012

Tantissimi auguri di felice compleanno tesoro mio.
Un libro per sognare, per viaggiare con la fantasia, per emozionarti
e farti ridere, alla scoperta di mondi meravigliosi.

Ti voglio tanto bene.

Con amore,

[firma]

Testi e illustrazioni sono tratti dai seguenti volumi:
- *L'isola del tesoro*, 2003, Giunti Editore
- *Piccole donne*, 2003, Giunti Editore
- *I tre moschettieri*, 2002, Giunti Editore
- *Il giro del mondo in 80 giorni*, 2003, Giunti Editore
Progetto grafico di copertina: Romina Ferrari

www.giunti.it

© 2010 Giunti Editore S.p.A.
Via Bolognese, 165 - 50139 Firenze - Italia
Via Dante, 4 - 20121 Milano - Italia
Prima edizione: giugno 2010

Ristampa	Anno				
5 4 3 2 1 0	2014	2013	2012	2011	2010

Stampato presso Giunti Industrie Grafiche S.p.A. – Stabilimento di Prato

INDICE

R.L. STEVENSON

L'ISOLA DEL TESORO

IL VECCHIO CAPITANO

Mi chiamo Jim, Jim Hawkins.
Al tempo in cui mio padre dirigeva l'*Admiral Benbow,* una locanda nei pressi di Bristol, vidi un giorno avvicinarsi un vecchio marinaio, dal viso abbronzato e segnato da una lunga cicatrice.
Arrivò con passo pesante, portando con sé una carriola e un baule da marinaio. Era alto, robusto e una treccina gli pendeva sulle spalle dell'abito azzurro. Sulla guancia aveva una lunga cicatrice…

Si guardò attorno fischiettando, poi attaccò a cantare una buffa canzone marinara: «*Quindici uomini sulla cassa del morto, e una bottiglia di rum!*».

Era contentissimo che alla locanda non ci fosse molta gente.
«Proprio un posticino tranquillo!» disse a mio padre, gettandogli tre o quattro monete d'oro. «Credo che mi fermerò!»
Poi si rivolse a me.
«Ehi, ragazzo, il tuo nome è Jim, vero? Tu invece puoi chiamarmi "capitano"…»

7

Il nostro ospite passava la giornata gironzolando su e giù per la baia, portando con sé un cannocchiale di ottone. Mi incuriosiva, era proprio un tipo strano!

«Dimmi la verità, Jim – mi chiedeva spesso – hai visto in giro dei marinai?».

«No, signore, neanche uno!» rispondevo ogni volta.

«Ragazzo, avvisami se vedi arrivare degli stranieri, soprattutto se si tratta di un marinaio con una gamba sola. Devi dirmelo subito, capito? Subito! Ti darò quattro penny d'argento…»

Aveva paura solo di lui: del misterioso marinaio con una gamba sola!

Per il resto, non temeva niente e nessuno, anzi era lui a terrorizzare tutti quanti, quando la sera si sedeva vicino al fuoco, cantando quella sua strana canzone. «*Quindici uomini sulla cassa del morto, oh-oh, e una bottiglia di rum!* Cantate, cantate tutti in coro con me!» ordinava agli altri ospiti della locanda. Spesso tirava fuori un coltello con aria minacciosa.

Sì, devo dire che era un tipo strano, proprio strano.

Erano in tanti ad averne paura, l'unico che non lo temeva era il dottor Livesey, un vecchio amico di famiglia a cui io ero molto affezionato.

8

Arriva Can Nero!

Una mattina vidi arrivare alla locanda uno sconosciuto. Anche lui sembrava un marinaio!

«Sto cercando un amico» disse. «Il mio amico, il capitano Bill!»

«Il capitano non c'è, signore. È uscito per una passeggiata!» risposi.

«Oh, bene, allora lo aspetterò qui. Gli farò una sorpresa!» sogghignò lo sconosciuto.

Quando il capitano rientrò e lo vide, impallidì, proprio come se avesse visto un fantasma.

«Bill, mi riconosci, non è vero?» sussurrò l'altro minaccioso.

«Bill, mi riconosci, non è vero?» chiese Can Nero.

«Ti ricordi i vecchi tempi, quando navigavamo per mare, insieme al vecchio capitano Flint?»

«Can Nero! Sei proprio tu!» balbettò il capitano. Can Nero mi ordinò di andarmene. «Lasciaci soli, ragazzo!»

Corsi via, spaventato. Poco dopo li udii gridare: i due tirarono fuori i coltelli e nella lotta rovesciarono sedie e tavoli. Poi Can Nero fuggì.

In quel momento la porta si spalancò ed entrò correndo il dottor Livesey.

«Che succede qui?» chiese.
«Ho sentito gridare!»
Entrammo nella stanza
e trovammo il povero
capitano per terra.
Il dottor Livesey lo visitò.
«Niente di grave Jim, è solo
svenuto».
Com'era pesante il
capitano! Lo trasportammo
nella sua camera e lo
infilammo sotto le coperte.

Il capitano riaprì gli occhi e mormorò: «Can Nero! Dov'è andato Can Nero?».

Il dottor Livesey sbuffò. «Non c'è nessun Can Nero, qui. Pensate a riposarvi, ora!»
Il giorno dopo salii da lui con le medicine.

Il capitano
mi fece
segno di
avvicinarmi,
poi mormorò
misterioso:

«Pensate a riposarvi, capitano!»

«Jim, sono nei guai. Una volta facevo
il pirata, navigavo con il capitano Flint
e i suoi marinai… Flint è morto, ma ora
i suoi marinai mi stanno cercando!
Vogliono il mio baule, perché contiene
un segreto. Aiutami, Jim, posso contare
solo su di te! Avvisami se tornano a cercarmi».
Proseguì, abbassando la voce: «È solo questione di tempo. So che
torneranno a cercarmi: e quando mi troveranno sarà la fine per me!»
sospirò. «Mi consegneranno la *macchia nera*!»
«Che cos'è la *macchia nera,* capitano?» chiesi, ma lui non rispose.
Avevo paura e stavo per raccontare tutto a mia madre, ma quella sera, quella
sera stessa, improvvisamente mio padre morì.

IL CIECO MISTERIOSO

Il giorno dopo il funerale di mio padre, un vecchio cencioso si presentò alla locanda. Tastava il suolo davanti a sé con un bastone e portava una benda sugli occhi: sembrava curvo, debole e indifeso.

A voce alta chiese: «Sono un povero cieco, chi può dirmi dove mi trovo?».

«Siete alla locanda *Admiral Benbow*, signore» gli risposi gentilmente.

«Grazie, mio giovane amico. Puoi aiutarmi a entrare?»

Appena gli porsi il braccio, però, lui me lo strinse come in una morsa.

«Portami subito dal capitano, ragazzo, o sarà peggio per te!» ordinò sottovoce, minaccioso.

«Lasciatemi, lasciatemi!» gridai spaventato, ma lui mi torse il braccio e mi diede anche un pizzicotto.

Il capitano non si aspettava di vederci: quando entrammo divenne pallido come un morto. Il cieco lo colse di sorpresa: tese la mano e in un attimo infilò un oggetto misterioso nella mano del capitano.

Poi si voltò e corse fuori. Il capitano aprì la mano tremando. Quando vide che cosa gli aveva consegnato il cieco gridò: «La *macchia nera*!».

«Che cos'è la *macchia nera*, capitano?» chiesi.

«È un pezzo di carta, dipinto di nero… vuol dire che mi hanno condannato a morte! Povero me!»

Poi il capitano impallidì. Tremando di paura si portò la mano al cuore e stramazzò lungo disteso sul pavimento. Era morto!

Raccolsi il foglietto di carta nera e lessi la scritta: «*Bill, verremo a cercarti alla locanda alle dieci di stasera! Firmato: i pirati di Flint*».

Corsi da mia madre e le raccontai tutto. «Mamma, il capitano è morto. E qui alla locanda verrà una banda di pirati!»

«Andremo al villaggio in cerca di aiuto» disse lei.

Bussammo alle porte dei vicini. «Che cosa? Una banda di pirati? Non vogliamo averci niente a che fare!» rispondevano tutti, impauriti.

Corremmo al villaggio, ma nessuno era disposto ad aiutarci...

Mia madre però non si perse d'animo. «Coraggio, Jim. Non abbiamo bisogno di nessuno: ce la caveremo da soli!» Ritornammo di corsa alla locanda.

«Per prima cosa, apriremo il baule. Il capitano ci doveva del denaro per il suo soggiorno, dobbiamo recuperarlo!» disse mia madre con decisione.

Proprio in quel momento l'orologio batté le ore: erano le sei di sera.

Afferrai la chiave che il capitano portava al collo.

Alla luce di una candela ci avvicinammo al vecchio baule: sul coperchio era impressa a fuoco la lettera "B", gli angoli erano ammaccati.

Mia madre infilò la chiave nella serratura e la aprì.
Io ero molto curioso…
Mia madre disse ad alta voce, come per farsi coraggio: «Dunque: il baule contiene alcuni abiti nuovi, mai indossati. Una tazza di latta, due pistole… un vecchio orologio spagnolo, due bussole di ottone e cinque o sei conchiglie. Un vecchio cappotto da marinaio… aspetta, che cosa c'è qui, proprio in fondo al baule? Un sacchetto… sembra pieno di monete d'oro! Siamo gente povera ma onesta. Prenderò solo ciò che mi spetta e non un centesimo in più!» conclude mia madre.
Iniziò a contare le monete, calcolando quanto ci doveva il capitano per il suo soggiorno alla locanda.
Il conto fu lungo e complicato perché si trattava di monete di ogni paese: nel sacchetto c'erano dobloni, ghinee, pezzi da otto, tutti mescolati alla rinfusa.
Notai che sul fondo del baule c'era anche uno strano pacchetto, avvolto in tela cerata.
«Guarda, mamma, che cos'è?» chiesi.
«Forse è il segreto di cui parlava il capitano…»
Presi il pacchetto e lo infilai in tasca.
In quel momento il cuore mi balzò in gola: udii il rumore del bastone del cieco che avanzava sul selciato. Poi qualcuno fischiò nella notte.

13

ARRIVANO I PIRATI

Spensi la candela e corsi fuori.
«Nascondiamoci sotto quel ponte, mamma!»
le dissi, tenendola per mano.
Appena in tempo! I pirati stavano arrivando.
Erano sette o otto: li comandava il mendicante
cieco, che riconobbi dalla voce. «Buttate giù
la porta!» ordinò lui.
Ma la porta cedette subito e capii che erano sorpresi di trovarla aperta.
«Dentro, dentro!» gridava il cieco, impaziente. Ci fu un grido di stupore,
poi qualcuno urlò: «È morto! Il capitano Bill è morto!».
«Cercate il baule allora, scansafatiche! Cercate la mappa!» brontolò il cieco.
Udii qualcuno correre su per le scale ed entrare nella stanza del capitano.
«Ho trovato il baule del capitano Bill!» gridò qualcuno. «Ma la mappa non c'è!»
Il cieco urlò: «La mappa non c'è? Allora qualcuno l'ha portata via!
Dev'essere stato Jim, il ragazzo della locanda!».
All'improvviso si udì un fischio. «Jim, che succede?» mormorò mia madre.
Io mi sporsi, cercando di vedere lontano: «Siamo salvi, mamma! Stanno
arrivando dei soldati a cavallo!». Alcuni dei pirati furono travolti dai soldati al
galoppo, altri riuscirono a fuggire. Io e mia madre uscimmo da sotto il ponte.

«Grazie per averci salvato!» disse
mia madre, piangendo.
Poi rientrammo alla locanda, dove i
pirati avevano buttato tutto all'aria.
Io sapevo che cosa stavano
cercando: il pacchetto avvolto nella
tela cerata, nascosto sul fondo del
baule del capitano...

«Dev'essere un oggetto molto prezioso» mormorò mia madre, indicando il pacchetto. «Chissà che cosa contiene?»
Io pensai che il dottor Livesey fosse la persona giusta per darci un consiglio.
«Chiediamo a lui, mamma!»
Il dottore era a cena con una persona importante, il cavalier Trelawney.
«Ditegli che è urgente!» insistetti, emozionato.
Finalmente mi lasciarono entrare.

Non vedevo l'ora di mostrare al dottore lo strano pacchetto...

«Allora, Jim, che c'è?» chiese il dottor Livesey incuriosito.
Io risposi sottovoce: «Dottore, ho un pacchetto misterioso da mostrarvi...».
Lo aprimmo insieme: conteneva un quaderno e un foglio ripiegato. Sul quaderno c'erano strane annotazioni: date, somme di denaro, croci.
«Dev'essere il libro dei conti del pirata Flint, le croci rappresentano le navi che ha affondato!» spiegò il dottore. Poi aprì il foglio: apparve la mappa di un'isola misteriosa.

PRONTI A PARTIRE!

L'isola misurava nove miglia di lunghezza e cinque di larghezza. Sulla mappa erano indicate la longitudine e la latitudine, la profondità dei fondali e tutte le informazioni necessarie per raggiungerla. Sull'isola c'erano due porti ben riparati e nella parte centrale una collina chiamata "Cannocchiale". «Guardate qui!» esclamò il dottor Livesey, emozionato.

Poi lesse ad alta voce una scritta tracciata sulla mappa, accanto a tre piccole croci, segnate in inchiostro rosso. *"Il tesoro si trova qui..."*

Per un attimo tutti tacemmo, poi il cavalier Trelawney gridò: «Un tesoro? Allora non c'è tempo da perdere! Dobbiamo partire subito! Ci penserò io a organizzare tutto. Domani andrò a Bristol a cercare la miglior nave che si possa trovare e un buon equipaggio. Io sarò l'ammiraglio, voi, dottor Livesey, il medico di bordo. Anche tu verrai con noi, Jim!».

Passarono i giorni e finalmente arrivò da Bristol una lettera del cavaliere.

Ho acquistato una goletta, l'Hispaniola, che si trova all'ancora, pronta a salpare. Ho incontrato un vecchio ed esperto marinaio che mi ha aiutato a scegliere l'equipaggio. Si chiama Long John Silver e ha una gamba sola, l'ho assunto come cuoco di bordo. Venite subito a Bristol, siamo pronti a partire! Firmato, il cavalier Trelawney.

Io e il dottore partimmo immediatamente e dopo un lungo viaggio giungemmo al porto di Bristol, affollato di navi e di marinai.
Finalmente incontrai il cavaliere, indaffarato per i preparativi della partenza.
«Jim, per fortuna sei arrivato. Corri alla Locanda del Cannocchiale, da Long John Silver, portagli questa lettera da parte mia!»
«Subito, Cavaliere!» risposi, felice di rendermi utile.
Corsi alla locanda, dove trovai Long John, ma mentre gli consegnavo il messaggio notai un tipo sospetto. Lo osservai meglio… «Quello è Can Nero! Lo riconosco! Fermatelo!» gridai, ma lui era già fuggito lontano.

«Fermate Can Nero!» dissi a Long John Silver.

Come mai Can Nero si trovava alla locanda?
E chi era davvero Long John Silver? Forse era lui il misterioso marinaio dalla gamba sola di cui aveva paura il capitano Bill…

L'*HISPANIOLA*

Il dottore e il cavaliere, però, avevano fiducia nel vecchio marinaio, così dimenticai i miei dubbi. C'erano tante cose da fare prima della partenza… Finalmente arrivò il momento che tanto sognavo.

La nostra nave, l'*Hispaniola*, era ancorata al largo; quando salimmo a bordo ci accolse il capitano Smollet, che ci accompagnò nella sua cabina.

«Signori, vi devo parlare!» disse, chiudendo la porta. Poi proseguì con aria severa: «Tutti i marinai della nave sanno che stiamo cercando un tesoro e ciò è molto pericoloso. Voglio che le armi siano nascoste in un luogo sicuro e, soprattutto, che non mostriate a nessuno la mappa dell'isola!».

Ci preparammo alla partenza. All'alba, il nostromo suonò il fischietto.

«Tutto l'equipaggio ai posti di manovra!» gridò. «Salpate le ancore!»

Io salii sul ponte, emozionato, e osservai la terra finché scomparve all'orizzonte. Ora eravamo in mare aperto! Inspirai a fondo l'aria che sapeva di salsedine: il grande viaggio era finalmente iniziato…

Long John mi raccontava affascinanti storie di mare...

Long John sapeva narrare affascinanti storie di mare e io passavo gran parte del tempo ad ascoltarlo, seduto al grande tavolo di legno della cucina.

«Ti ho mai raccontato, Jim, di quando mi sono trovato proprio in mezzo a un tifone, nei mari del sud...» iniziava, con il suo pappagallo sulla spalla.

Ascoltando Long John e osservando i marinai imparavo ogni giorno qualcosa di nuovo sulla navigazione e mi divertivo a esplorare i mille angoli nascosti della nave.

Tutto pareva tranquillo, finché una sera, poco dopo il tramonto, mi venne voglia di una mela. Mi infilai nel barile dove venivano conservate le mele e ne scelsi una. Com'era rossa! E com'era dolce!

Iniziai a mangiarla di gusto, poi, cullato dalle onde, mi addormentai. A un tratto però mi risvegliai: qualcuno aveva urtato il barile, credendo fosse vuoto!

Stavo per balzare fuori, quando Long John Silver iniziò a parlare.

Appena capii che cosa stava dicendo, mi vennero i brividi!

«Ah, che bei tempi, quando facevo il pirata agli ordini del capitano Flint! Quante navi abbiamo affondato insieme!» si vantava. «Me ne intendo di tesori... a proposito di tesori, – disse, rivolgendosi agli altri marinai – ormai avrete capito tutti che questa nave si sta dirigendo verso un'isola dove è sepolto un tesoro. Volete diventare ricchi? Vi propongo di metterci tutti d'accordo e di impadronirci della mappa. Ho già un piano...».

Un marinaio, Israel Hands, mormorò che gli
sarebbe piaciuto far fuori tutti subito,
a cominciare dal capitano.
Long John scosse la testa: «Non siate
impazienti. Il capitano per ora ci è utile.
Aspettiamo di trovare il tesoro, carichiamolo a
bordo… dopo faremo fuori tutti! Fidatevi di
me!».
Proprio in quel momento una voce gridò:
«Terraaa!».
Tutti si precipitarono fuori.
Tirai un sospiro di sollievo e uscii dal barile,
mentre il capitano Smollet impartiva gli ordini
di manovra.
Corsi anch'io sul ponte: all'orizzonte
si intravedeva un'isola.
«Nessuno di voi ha mai navigato da queste
parti?» chiese il capitano all'equipaggio.
Long John si fece avanti.
«Signore, anni fa ero imbarcato come cuoco
su un mercantile. Ci siamo fermati qui a fare
rifornimento d'acqua, perciò conosco bene
quest'isola. So dove si può gettare l'ancora!»
Il capitano gli porse una carta.
«Ne sei certo? Ho qui una mappa, dimmi
se proprio questa è l'isola che cerchiamo!»
Gli occhi di Long John brillavano all'idea
di poter dare un'occhiata alla mappa del
tesoro, ma fu subito deluso: non si trattava
della mappa originale, ma di una copia.
Infatti mancavano proprio le tre croci rosse che
indicavano dove era sepolto il tesoro.
Long John finse indifferenza e mormorò:

«Terraaa!» gridò la vedetta.

«Ecco l'Isola dello Scheletro!»

«Sì, si chiama Isola dello Scheletro, i l posto è questo, ora vi mostrerò dove gettare l'ancora!».

Mentre i marinai facevano manovra, io chiesi al dottor Livesey di parlargli in segreto.

Ci chiudemmo in cabina, insieme al cavaliere e al capitano. «Allora, Jim, che succede?»

Io ero molto emozionato.

«Non indovinereste mai che cosa ho da raccontarvi» dissi. «Siamo tutti in pericolo!»

Poi riferii quello che avevo udito, nascosto nel barile di mele. I miei amici mi abbracciarono, commossi.

«Sei un ragazzo coraggioso, Jim! Ci hai salvato la vita!»

Poi facemmo un piano.

«Per prima cosa dobbiamo sapere quali marinai ci sono rimasti fedeli. Sarai tu, Jim, a dirci su chi possiamo ancora contare. Nessuno sospetterà di te!»

LO SBARCO SULL'ISOLA

La mattina dopo, all'alba, osservai l'isola col cannocchiale.
"Com'è verde! Dev'essere ricoperta di vegetazione!" pensai.

Ero emozionato all'idea di esplorare un'isola deserta, per non parlare del tesoro, che non vedevo l'ora di andare a cercare!
Finalmente furono calate in mare le scialuppe che rimorchiarono la nave per qualche miglio, lungo il passaggio che conduceva al porto dell'isola dello Scheletro.
   La nave si ancorò nel punto indicato sulla mappa.

«Che caldo! Non c'è un alito di vento…» si lamentava il cavalier Trelawney.

«Scommetto la mia parrucca che su quest'isola c'è la malaria!» disse il dottor Livesey. «Non sentite l'odore di acqua stagnante che proviene dall'isola?»

Il capitano Smollet radunò l'equipaggio.

«Potete scendere a terra!»

«Evviva!» gridarono i marinai, correndo a preparare le scialuppe.

Long John organizzò la spedizione: sei marinai sarebbero rimasti a bordo, tredici sarebbero scesi a terra, lui compreso.

Anch'io scesi a terra, senza che nessuno mi notasse…

Io riuscii a salire su una scialuppa, senza che nessuno mi notasse. Finalmente sbarcai sulla spiaggia. Era un ambiente sconosciuto: strani animali, uccelli variopinti, piante e fiori mai visti prima…

Salii in cima a una collina: di là potevo osservare l'isola, ricoperta di foreste e di paludi fitte di canne.

Improvvisamente udii schiamazzare gli uccelli nascosti nel bosco.
"Sta arrivando qualcuno!" pensai preoccupato.
Mi nascosi dietro un cespuglio e udii una voce nota…
Era Long John Silver!
Stava cercando di convincere un marinaio, Tom, a far parte della banda.
«Tom, amico mio, non te ne pentirai. Te lo garantisco, ti farò diventare
ricco! Tra poco sapremo dove si trova il tesoro…»
Ma Tom non si lasciava convincere. «Non tradirò il capitano Smollet!»

Long John gli lanciò dietro la sua stampella…

Poi Tom si girò per andarsene.
Ma subito Long John lo colpì alla testa lanciandogli dietro la sua stampella,
poi corse verso di lui e lo colpì più
volte alla schiena con un coltello.
Quindi, senza perdere la calma, fischiò
per chiamare i suoi compagni.
Io tremavo di paura.
Per fortuna Long John non si era accorto
di me! Aspettai che si allontanasse, poi
strisciai via sotto i cespugli e, appena fui
abbastanza lontano, mi misi a correre.

BEN GUNN

Improvvisamente sentii un rumore e vidi una strana figura che saltellava da un albero all'altro.

«Chi è là?» chiesi, spaventato.

Mi girai per tornare verso la spiaggia, dove c'erano le scialuppe, ma mentre correvo sul sentiero la figura misteriosa mi tagliò la strada.

Io mi feci coraggio e caricai la pistola, puntandola contro di lui.

«Fermo o sparo!» gridai, con la mano che tremava.

Lui si gettò in ginocchio di fronte a me.

«Chi sei?» balbettai, cercando di non mostrare la mia paura.

«Sono Ben Gunn, non farmi del male…» supplicò lui, a mani giunte.

«Da tre anni non parlo con nessuno – mormorò – e sono felice di averti incontrato!».

Lo osservai con curiosità: era proprio un tipo strano! Sembrava un mendicante: era vestito di brandelli di vecchie vele e di panno da marinaio.

Il tutto era ricucito insieme in modo bizzarro. In vita portava un'alta cintura di cuoio, allacciata con una fibbia di ottone.

«Come mai vi trovate su quest'isola? Siete un naufrago?»
Lui sospirò. «Ahimè, ragazzo, non sono un naufrago, no… sono stato abbandonato sull'isola per punizione. Un tempo ero marinaio, anzi pirata, e navigavo con il capitano Flint. Scoprii che il capitano aveva nascosto un tesoro proprio qui, su quest'isola…»
Il cuore mi batteva forte.
«Allora è vero! C'è davvero un tesoro su quest'isola!»
Ben Gunn sospirò di nuovo. «Sì, c'è un tesoro! Convinsi alcuni marinai a cercarlo con me, ma non riuscimmo a trovarlo. I miei compagni allora mi abbandonarono qui, da solo… ma dimmi, ragazzo, anche tu sei qui per cercare il tesoro?»

Decisi di dirgli la verità.

Si udirono alcuni colpi di cannone…

«Sì, Ben Gunn, anch'io lo sto cercando, insieme con i miei compagni. Volete aiutarci?»
«Certo, vi aiuterò! Sono dalla vostra parte!» rispose lui, contento di aver trovato un amico.
Mentre stavamo parlando, però, udii un colpo di cannone.
«È iniziata la battaglia!» gridai, correndo verso la spiaggia.

Subito dopo, a meno di un quarto di miglio, vidi davanti a me una bandiera britannica che sventolava sopra le cime degli alberi.
Continuai a correre e vidi che la bandiera sventolava dal tetto di un fortino di legno. Sentii altri spari, questa volta si trattava di fucili…

LA BATTAGLIA SULL'ISOLA

Il fortino era una capanna di tronchi, circondata da una palizzata.
Si trovava in cima a una collina, vicino a una sorgente d'acqua.
Appena arrivai, vidi il dottor Livesey che mi fece segno di mettermi
al riparo. «Presto, Jim, entra nel fortino!»
Lo abbracciai.
«Dottore, sono
felice di
rivedervi…».
Dopo un po'
ritornò la calma.
Appena capimmo
che i pirati si
erano allontanati,

il dottore ne approfittò per tornare a bordo a prendere viveri e munizioni.
Mentre ritornava a terra, però, i marinai che erano rimasti sulla nave
affondarono la sua scialuppa con un colpo di cannone!

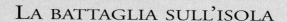

I miei amici riuscirono a tornare a riva e corsero verso il fortino.
«Là saremo al sicuro!»
Erano appena rientrati all'interno della palizzata quando udimmo di nuovo degli spari. Il cavaliere prese il cannocchiale e si affacciò a una finestrella.
«Voglio vedere chi ci sta attaccando ora… ah, ecco, sono i marinai che erano scesi a terra. Li comanda Long John Silver!»
Ormai era buio.
Cercammo di farci coraggio a vicenda: la notte ci sembrò non passare mai.
Io sapevo che eravamo in pericolo, ma non rimpiangevo di essere partito: ero felice di vivere quella straordinaria avventura.
La mattina dopo fui svegliato da una voce che gridava: «Bandiera bianca! Vogliamo proporvi una tregua!»

LA PROPOSTA DI LONG JOHN

Corsi fuori dal fortino e vidi Long John Silver.

Il vecchio pirata con una gamba sola salì faticosamente la collina
e si sedette sulla sabbia per discutere con noi.

«Ho una proposta da farvi» disse al capitano Smollet. «Dateci la mappa
del tesoro. In cambio, vi prometto che avrete salva la vita. Vi imbarcheremo
sulla nave e vi accompagneremo fino al primo porto. Oppure, vi lasceremo
sull'isola con metà delle provviste disponibili. Allora, che ne dite?» chiese
in tono amichevole.

Il capitano scosse la testa
e ribatté con durezza: «Non se ne
parla neanche! Ricordatevi che
il capitano sono ancora io e solo
io posso dare ordini!».

Long John cambiò tono
e divenne minaccioso.

«Ve ne pentirete! Ritornerò,
e non da solo!» esclamò.

Poi, appoggiandosi alla
stampella, scavalcò lo steccato
e scomparve nel bosco.

«Ecco la mia proposta...»

Noi ci preparammo alla battaglia.

Il capitano Smollet distribuì i compiti:
«Jim, mi aiuterai a ricaricare le armi. Ti mostrerò come si fa...». Poi mi
pose una mano sulla spalla e mi chiese sottovoce: «Hai paura?».

«No, signore!» risposi fiero.

Avevo detto una bugia: avevo paura, eccome. Ma ero deciso a farmi onore
e a dimostrare che, anche se ero un ragazzo, il coraggio non mi mancava!

I pirati oramai stavano fuggendo... avevamo vinto!

Dopo poche ore udimmo delle grida, poi i pirati incominciarono a sparare.
«La battaglia sta per cominciare, – mormorò il capitano – tutti ai vostri
posti! Venderemo cara la pelle!».
Un gruppo di pirati balzò fuori dalla boscaglia a nord e corse gridando
in direzione dello steccato.
Quattro di loro riuscirono a superarlo!
Da quel momento in poi, non capii più nulla.
C'era una grande confusione.
I pirati, dalla boscaglia, facevano fuoco contro di noi e i miei amici
sparavano attraverso le feritoie del fortino.
C'erano fumo e odore di polvere da sparo ovunque.
Uno dei pirati si gettò contro il dottore, con un coltellaccio in mano,
ma il dottor Livesey si difese con un coraggio insospettato.
Io afferrai un coltello e lo strinsi forte.
"Anch'io mi difenderò, se necessario!" pensai. Mi batteva forte il cuore...
Poi, di colpo, il fumo che riempiva la capanna si diradò.
«Abbiamo vinto! Abbiamo vinto!» gridò il cavalier Trelawney, esultante.
I pirati stavano fuggendo e molti dei loro compagni ora giacevano
sul terreno.

Anche alcuni dei nostri però erano stati colpiti.

D'improvviso mi accorsi che anche il capitano Smollet era ferito.

«Non è niente, Jim» mi disse il capitano, ma mi accorsi che era pallidissimo.

Il dottore lo fece sdraiare.

«Uhmmm, è una brutta ferita!» mormorò, preoccupato.

Mentre li ascoltavo, d'improvviso ebbi un'idea… avrei potuto approfittare della battaglia, che teneva impegnati tutti i pirati, per impadronirmi della nave! Non osai parlare del progetto con i miei compagni, perché sapevo che mi avrebbero impedito di partire.

Era un progetto molto pericoloso… ma il coraggio non mi mancava e speravo di cogliere di sorpresa i marinai che erano rimasti sulla nave.

Così, mentre i miei compagni erano occupati a medicare e fasciare la ferita del capitano Smollet, scavalcai lo steccato e mi avviai verso la costa.

Camminai tutto il giorno.

Quando arrivai alla spiaggia era già sera: la nostra goletta, l'*Hispaniola*, era ancorata nella baia.

La osservai col cannocchiale, poi mi avviai verso il punto dove avevo incontrato Ben Gunn: avevo visto dove teneva nascosta la sua canoa…

ALL'ATTACCO

Cercai affannosamente la canoa.

"Che cosa farò se non la trovo?" mi chiedevo, con il cuore in gola.

D'improvviso, eccola: Ben Gunn l'aveva ben nascosta dietro un ciuffo di canne. Me la caricai in spalla e la trasportai fino alla spiaggia, poi la misi in acqua.

Mi avvicinai alla nave...

"Nessuno mi vedrà, al buio" pensavo, per farmi coraggio. Cominciai a remare, ma la canoa non era molto stabile e più di una volta rischiai di cadere in acqua.

«Per fortuna la corrente mi porta nella direzione giusta!» mormoravo.

Tremavo di freddo, ma soprattutto di paura. Finalmente arrivai vicino alla nave e mi avvicinai silenziosamente.

«Ora devo soltanto aspettare il momento giusto» mi ripetevo. «Devo aspettare che il vento salga e faccia girare la nave dalla mia parte, nella direzione giusta! Così riuscirò a salire senza che nessuno se ne accorga...»

Appena la nave girò, riuscii ad aggrapparmi a una fune e mi arrampicai, cercando di non far rumore.

Sbirciai attraverso gli oblò e capii che a bordo c'erano solo due marinai! Per di più, i due stavano lottando ferocemente tra loro. Uno dei due, lo riconobbi: si chiamava Israel Hands.

"È ancora presto per attaccare!" decisi. Così ritornai nella canoa, aspettando il momento giusto.

Intanto, dalla riva sentivo provenire un canto. Erano i pirati che in coro intonavano la canzone che già conoscevo: «*Quindici uomini sulla cassa del morto, oh-oh, e una bottiglia di rum!*».

Improvvisamente il vento cambiò direzione, facendo girare la nave su se stessa.

"Che freddo!" pensavo, sdraiato sul fondo della canoa, inzuppato dagli schizzi delle onde. "Che freddo! E che paura!"

Finalmente mi addormentai.

Quando mi risvegliai era l'alba.

Silenziosamente, in punta di piedi, salii a bordo. I due marinai erano sdraiati sul ponte. Uno di loro pareva senza vita, l'altro, Israel Hands, era pallidissimo e sembrava ferito.

Hands mi osservò stupito, ma non aveva la forza di reagire.

Hands mi attaccò con un pugnale, ma io tirai fuori la pistola...

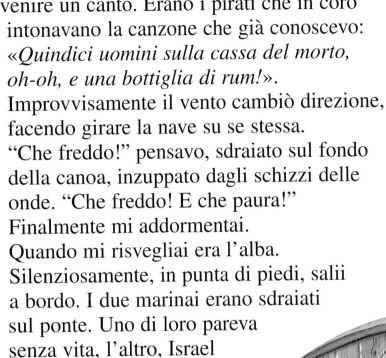

«Come vi sentite, Hands?» gli chiesi; quindi gli portai dell'acqua e del cibo. Aspettai che si riprendesse, poi annunciai: «Sono venuto a prendere possesso di questa nave. Adesso sono io il capitano!».

Corsi ad ammainare la bandiera nera dei
pirati. «Su questa nave deve sventolare solo
la bandiera inglese!» gridai, trionfante.
Hands mi fece una proposta.
«Ragazzo, dammi da mangiare e da bere:
in cambio ti aiuterò a dirigere questa nave!»
Ci pensai su, poi accettai.
«D'accordo, Hands. Voglio portare la nave
dai miei amici, nella baia a nord dell'isola!»
Poco dopo l'*Hispaniola* navigava col vento
in poppa.
"Forse riusciremo a raggiungere i miei
compagni prima che sopraggiunga la marea!
pensavo, soddisfatto, reggendo la ruota
del timone.
La nave veleggiava sicura…
Improvvisamente però mi voltai: Israel
Hands era dietro di me, armato di coltello!
Tirai fuori una pistola, presi la mira
e sparai. Ma la pistola si inceppò!
In quel momento la nave si incagliò
e finimmo tutti e due a gambe levate.
Mi arrampicai lungo l'albero della nave,
ma lui mi seguì, con il pugnale stretto tra
i denti! Puntai un'altra pistola.
«Fermo o sparo!» gridai.
Lanciò il pugnale contro di me, ma proprio
in quel momento la nave si inclinò
e Hands precipitò in mare con un grido.
Io mi aggrappai all'albero con tutte
le mie forze.
"Sono salvo!" pensai trionfante.

Hands mi inseguì col coltello tra i denti…

34

PRIGIONIERO DEI PIRATI

Gettai l'ancora, poi scesi a terra.

"Non vedo l'ora di raggiungere i miei compagni!" pensavo, felice. E corsi verso il fortino. Era notte e non riuscivo a distinguere nulla nel buio.

Aprii la porta ed entrai, ma qualcuno gridò: «Pezzi da otto, pezzi da otto!».

Era il pappagallo verde di Long John Silver!

Il vecchio pirata accese la pipa e ridacchiò: «Sei venuto a trovarmi, Jim? Che piacere rivederti…».

Poi accarezzò le penne del pappagallo, mi strizzò l'occhio e mormorò: «I tuoi amici, caro Jim, hanno accettato la nostra proposta. Ci hanno lasciato il fortino, le provviste, la mappa del tesoro, poi se ne sono andati!».

Gli altri pirati intanto diventavano sempre più minacciosi.

«Facciamolo fuori!» gridò uno. «Sì, il ragazzo è uno spione!» urlarono gli altri, alzando le torce nel buio. Poi uscirono dalla capanna.

Long John mi fece sedere vicino a lui e sussurrò, in modo che gli altri non udissero: «Ascoltami bene, Jim: ho concluso un accordo segreto con i tuoi amici. Io vi aiuto, ma in cambio mi darete una parte del tesoro e mi salverete dalla forca, quando torneremo in Inghilterra. Hai capito bene?» mormorò.

I pirati non erano soddisfatti: tennero consiglio e quando rientrarono, diedero a Long John un foglietto nero. Ancora la *macchia nera*!

Sul foglietto c'era scritto che Long John non era più il capo.

«Non ti vogliamo più come capo! Ci avevi promesso un tesoro, ma non abbiamo ancora visto neanche una moneta d'oro. Per colpa tua forse finiremo impiccati… vogliamo farli fuori tutti, e subito, a cominciare dal ragazzo!»

Long John scosse la testa. «Non capite proprio nulla. Il ragazzo è la nostra ultima speranza, ci servirà da ostaggio!»

Poi sogghignò. «Ho una sorpresa per voi. Guardate qua!»

Così dicendo gettò un foglio sul tavolo.

Era la mappa del tesoro!

I pirati cambiarono subito idea.

«Urrah! Evviva Silver! Evviva Long John Silver!» gridavano esultanti.

Il vecchio, furbo marinaio sogghignava, strizzandomi l'occhio. Io non capivo che

Long John mi strizzò l'occhio…

cosa avesse in mente: come al solito, non c'era da fidarsi di lui!

La mattina dopo arrivò il dottor Livesey, che, in base all'accordo, si era impegnato a visitare i malati.

«Jim, che sorpresa rivederti!» esclamò contento. Non vedevo l'ora di restare solo con lui.

«Dottor Livesey, ho un segreto…» sussurrai. «Mi sono impadronito della nave, ora si trova arenata nella baia!»

Il dottore non riusciva a crederci, poi sospirò: «Dovrei rimproverarti perché sei stato imprudente, Jim, ma, a quanto pare, anche questa volta ti dobbiamo la vita!».

Poi se ne andò, raccomandandomi di stare attento.

La mattina dopo arrivò il dottore…

FINALMENTE IL TESORO

«Andiamo a cercare il tesoro!» gridavano i pirati, sventolando la mappa che Long John Silver aveva mostrato loro la sera prima. Il vecchio marinaio sogghignò e gridò anche lui: «Sì, il tesoro! Andiamo a cercarlo!».
Poi però mi strizzò l'occhio: stava studiando un altro dei suoi trucchi?
Si infilò un coltellaccio alla cintura e una pistola in ogni tasca del vestito.
Poi mi legò una fune alla vita perché non fuggissi e insieme ci avviammo, seguendo le indicazioni della mappa. Presto arrivammo a un grande pino.
Tra le radici c'era uno scheletro: a giudicare da com'era vestito, si trattava di un marinaio. In quel momento udimmo una voce risuonare in lontananza:
«Undici uomini sulla cassa del morto, oh-oh, e una bottiglia di rum!».
Uno dei pirati gridò: «È il fantasma del capitano Flint! È venuto a riprendersi il suo tesoro!». Mi voltai a guardare Long John che, afferrando la pistola, mi sussurrò: «Sta' pronto a tutto, Jim!».
I pirati ora avevano paura, ma decisero di continuare a cercare il tesoro.
Seguirono le indicazioni della mappa, ma improvvisamente si trovarono davanti a una enorme buca vuota…

Dentro c'erano delle casse da imballaggio su cui era scritto il nome della nave di Flint: *Walrus*. C'era anche un piccone rotto e nient'altro.

Long John si avvicinò zoppicando e mi passò di nascosto una pistola carica. «Tieni, Jim, – sussurrò – preparati a combattere!».

I pirati si misero a scavare, ma tutto quello che riuscirono a trovare fu una moneta d'oro.

Si avvicinarono minacciosi al vecchio marinaio. «Ce la pagherai, Long John!»

In quel momento però si udirono degli spari. Tre di loro furono colpiti, gli altri fuggirono.

«Dottor Livesey!» gridai, felice. Stavano arrivando i miei amici, tra loro notai anche Ben Gunn.

«Ma… il tesoro? Dov'è il tesoro?» chiesi. Non capivo più nulla…

«Tutto bene, Jim, – mormorò il dottore, abbracciandomi – il nostro piano ha funzionato alla perfezione. Abbiamo prelevato il tesoro, lo abbiamo nascosto in un posto sicuro, poi abbiamo consegnato la mappa ai pirati: tanto, a quel punto, non serviva più a nulla…».

Ben Gunn ridacchiò. «Avete visto come si sono spaventati, quando ho cantato la canzone di Flint? Credevano che fosse ritornato il suo fantasma!»

Poi ci accompagnò tutti alla sua caverna. Quando entrammo, vidi il capitano Smollet disteso davanti a un fuoco.

Mi inginocchiai vicino a lui. «Come state, signore?»

Mi sorrise. «Sei un bravo ragazzo, Jim. E sei anche molto, molto fortunato…»

Trasportammo il tesoro a bordo della nave…

«Sei un bravo ragazzo, Jim» mi disse il capitano Smollet.

Poi vide il vecchio marinaio con una gamba sola.
«E voi, Long John, che ci fate qui?» chiese.
«Sono di nuovo al vostro servizio, signore!» rispose disinvolto.
Finalmente, in un angolo della caverna, vidi il tesoro: un enorme mucchio di monete d'oro che brillavano alla luce delle fiamme.
«Quante monete! Inglesi, francesi, spagnole, portoghesi…»
Non riuscii a contarle tutte, erano troppe!
Il giorno dopo trasportammo il tesoro fino alla spiaggia e poi sulla nostra nave. Decidemmo di abbandonare sull'isola i tre pirati.
«Lasceremo loro tutti i viveri di cui hanno bisogno, medicinali, polvere

da sparo e cartucce» decise generosamente il capitano Smollet. Ormai non c'era più motivo di restare sull'isola. Così, una mattina all'alba, partimmo per ritornare a casa. «Salpate le ancore!» gridò soddisfatto il capitano.

Mentre costeggiavamo la spiaggia, vedemmo i tre pirati, inginocchiati, che chiedevano di salire a bordo.

«Non vi porterò con me, – gridò il capitano – ma vi ho lasciato viveri e munizioni!».

I pirati lanciarono alte grida di protesta, poi uno di loro si alzò e sparò un colpo di moschetto che sfiorò la testa di Long John. La nostra nave era veloce e in poco tempo fummo lontani.

L'isola parve diventare sempre più piccola all'orizzonte, finché non fu che un puntino nella foschia e scomparve.

«Si torna a casa, in Inghilterra!» gridò il cavalier Trelawney.

Long John fuggì…

Seguirono giorni e giorni di navigazione. Appena sbarcammo nel primo porto, però, Long John fuggì con un sacchetto di monete d'oro.

«Vecchio briccone!» sorrise il dottore.

«Meglio così, ce ne siamo liberati!»

Finalmente ritornammo in patria.

Era arrivato il momento di dividere il tesoro per il quale avevamo affrontato tanti pericoli e tante avventure.

Ognuno di noi ebbe la sua parte, anch'io ricevetti la mia. Ma ciò che mi rimase di più prezioso fu il ricordo di quella grande avventura, di quel viaggio meraviglioso che mai avrei dimenticato…

FINE

LOUISA M. ALCOTT

PICCOLE DONNE

NATALE IN CASA MARCH

Il mio nome è Josephine March, ma tutti mi chiamano Jo. I miei modi sono un po' bruschi, ma sono una scrittrice in gamba. Vorrei raccontarvi la storia di un incredibile anno della mia vita: vivevo felice con i miei genitori e le mie tre sorelle, Meg, Beth e Amy; poi venne la guerra e papà dovette partire. Il mio racconto inizia la Vigilia di Natale di un po' di tempo fa…
«Un Natale senza regali non è un vero Natale!» esordì Amy, la piccolina di casa, entrando in salotto.
«Per quest'anno dovremo accontentarci…» sospirai io pensando al deserto di pacchetti che ci attendeva il giorno dopo.

La mamma entrò in casa...

«Non dimenticate che c'è qualcuno che sta peggio di noi!» commentò Meg senza alzare gli occhi dal fazzoletto che stava ricamando. Margaret, detta Meg, aveva sedici anni (uno più di me) ed era la più grande di tutte noi.

«Hai ragione Meg!» esclamò Beth. «Dopotutto non ci manca niente e stiamo bene, è questa la cosa più importante, no?»

Elizabeth, detta Beth, aveva un paio d'anni meno di me ed era la più posata e la più saggia di tutte noi.

«Io vorrei che papà tornasse a casa» disse Amy, che aveva un carattere un po' pestifero, ma a volte era anche tenera e affettuosa.

Papà ci mancava tanto e ci venne un groppo alla gola. «Ehi, ragazze, su col morale!» intervenne Meg.

In quel momento la mamma entrò in casa.

«Mamma! Finalmente sei arrivata!» gridò Amy correndo ad abbracciarla.

«Vuoi un tè?» chiese Meg andandole incontro.

«Grazie, cara. Un bel tè caldo è proprio quello che ci vuole!» disse la mamma e aggiunse: «Ho una sorpresa per voi! È arrivata una lettera di papà».

Dopo pochi minuti eravamo tutte intente ad ascoltare le parole del babbo.

Raccontava della vita al fronte e diceva alla mamma di avere coraggio e pazienza. Alla fine c'era un saluto speciale per noi quattro:

"Non credo di dovervi dire, piccole mie, di comportarvi bene, perché so che vi sforzate ogni giorno di essere brave e di migliorare. Non vedo l'ora di abbracciarvi di nuovo! Mi mancate tantissimo, tutte e quattro!"

Quella sera ognuna di noi promise solennemente di diventare più buona.

La mattina dopo era Natale.

Ci alzammo felici e ciascuna di noi trovò sotto il cuscino un inaspettato regalo della mamma: un libro con una bella copertina colorata.

Eravamo tutte intente ad ascoltare le parole del babbo...

«Presto, andiamo a fare colazione. Ho una fame da lupo!» dissi io.
«Non vedo l'ora di abbuffarmi di panna e pasticcini!» aggiunse Amy,
mentre si catapultava giù per le scale. La seguimmo tutte.
«Buon Natale, tesori miei!» disse allegramente Hannah, la governante che
abitava con noi da sempre, cioè, da che io mi ricordi.
«Buon Natale a te!» rispondemmo in coro, correndo a darle un grosso bacio.

Arrivammo in una casa misera e spoglia...

Stavamo per sederci a tavola, quando la porta si aprì ed entrò la mamma trafelata. La accogliemmo con un saluto affettuoso. Lei rispose con un sorriso e disse: «Piccole mie, sono stata dagli Hummel. Sono in tanti in casa e sono così poveri che non hanno niente da mangiare. Che ne direste di offrir loro come regalo di Natale la vostra colazione?». A quel punto avevamo davvero molta fame e il pensiero di tutte quelle leccornie ci faceva venire l'acquolina in bocca, così ci fu un momento di esitazione.

44

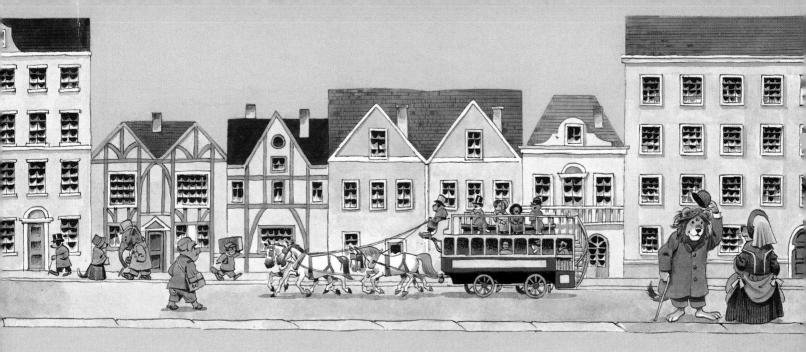

Ma fu solo un attimo e la mamma non ebbe bisogno di aggiungere altro, perché le mie sorelle cominciarono subito ad impacchettare le provviste. Anch'io diedi il mio contributo e in pochi minuti eravamo fuori nell'aria gelida del mattino, cariche di delizie d'ogni tipo. Avevamo portato anche della legna da bruciare nel camino.

Formavamo un buffo corteo, affamato ma contento.

Arrivammo in una casa misera e spoglia, con i vetri rotti alle finestre e il fuoco spento nel camino. La signora Hummel e i suoi piccoli ci stavano aspettando, affamati e infreddoliti. Cominciammo subito a darci da fare: accendemmo il fuoco, tappammo i buchi alle finestre con degli stracci e tirammo fuori le provviste.

Quando ce ne andammo, lasciammo una stanza calda piena di piccoli sorridenti e felici. Eravamo così contente che non sentivamo più la fame.

Quella sera ci attendeva una grande sorpresa.

Arrivò a casa nostra un mucchio di delizie accompagnate da quattro splendidi mazzi di fiori. Venivano da un nostro vicino, il signor Laurence. Suo nipote Theodore, un tipo che avevo già visto in giro, aveva saputo per caso della faccenda della colazione e l'aveva detto al nonno.

L'anziano signore era fatto a modo suo, ma aveva un gran cuore.

Si era commosso per il nostro gesto e aveva voluto ricompensarci in quel modo.

«Una cena coi fiocchi!» commentai alzandomi da tavola e aggiunsi: «Dovremmo frequentare di più il giovane Laurence!».

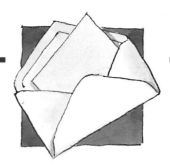

INVITO AL BALLO

Qualche giorno dopo me ne stavo tranquilla a leggere in soffitta, quando fui disturbata dalle urla di Meg che saliva le scale di corsa.
«Jo, Jo, – disse spalancando la porta – abbiamo un invito, un vero invito per Capodanno!».
«Fantastico…» dissi io senza alzare gli occhi dal libro. Odiavo essere disturbata durante la lettura, ma lei era così eccitata che sembrò non accorgersene.
Mia sorella mi sventolò il biglietto sotto il naso dicendo: «Jo, ascolta:

"La signora Gardiner è lieta di invitare la signorina Margaret e la signorina Josephine alla sua festa di Capodanno."».
«Bene!» dissi io.
L'idea in fondo non mi dispiaceva.
«Non so cosa mettere!» esclamò Meg con aria civettuola. «Non c'è molto da scegliere, lo sai. Ognuna di noi possiede un solo vestito da sera» aggiunsi io divertita.
«Sì, hai ragione. Andiamo subito a vedere in che condizioni sono gli abiti».
Quello di Meg, grigio-argento con un nastro blu, era ancora perfetto.
«Peccato solo che non sia di seta» sospirò.
«Be', consolati, almeno il tuo non è tutto bruciacchiato sul dietro come il mio!» dissi io guardando con tristezza il mio bel vestito marrone irrimediabilmente rovinato.

«Davanti va benissimo. Dovrai solo restare seduta tutta la sera. Tanto tu detesti ballare» tagliò corto Meg.

«Hai ragione!» conclusi.

La sera di Capodanno c'era un gran movimento in casa March: Meg e io ci facevamo belle per la festa e le due più piccole erano indaffarate ad aiutarci nei preparativi.

«Coraggio! Il risultato non è poi così terribile!» disse Amy guardandoci con una certa soddisfazione.

«Grazie, cara, sei gentile come al solito!» commentai ironica.

«Ti prego, Jo, comportati bene! Non stare seduta a gambe aperte ed evita di dire le parolacce!» si raccomandò Meg mentre uscivamo di casa.

«Puoi stare tranquilla, non ti farò fare brutta figura» la rassicurai, mentre inciampavo nella gonna.

La signora Gardiner ci accolse con grande cortesia. Meg, che ci sapeva fare, trovò subito qualcuno con cui parlare, mentre io me ne stavo seduta in un angolo, con la scusa di nascondere la parte del vestito rovinata.

In realtà quell'ambiente mi metteva a disagio. Quando iniziarono le danze mi allontanai alla ricerca di un luogo sicuro dove rifugiarmi: ero terrorizzata all'idea che qualcuno mi invitasse a ballare!

"Qui ha tutta l'aria di esserci uno sgabuzzino. Ecco un nascondiglio ideale!" pensai ad alta voce vedendo una porta.

Stavo per entrare, quando mi accorsi che qualcuno stava girando la maniglia dall'interno. In un attimo mi trovai davanti il mio vicino di casa, il giovane Laurence.

«Oh, scusa!» balbettai. «Non credevo ci fosse qualcuno, qui dentro. Me ne vado subito».

Theodore Laurence si presentò...

«Ciao, tu sei Jo March, vero?» mi disse con un bel sorriso. «Io sono Theodore Laurence, ma tutti mi chiamano Laurie. Puoi restare qui con me, se ti fa piacere.

Entrai e, quasi senza accorgercene, iniziammo a parlare.
Laurie mi raccontò dei suoi molti viaggi e io gli dissi del mio amore per
i libri e la scrittura.
Ma la cosa che mi ricordo di più sono le gran risate in quella stanzetta
scomoda e buia.
«Dai, andiamo a ballare!» disse Laurie a un tratto.
Non sapendo che scusa inventare per non raccontare la faccenda del vestito
bruciato, decisi di dirgli la verità.
«Il mio vestito è rovinato. E, come se non bastasse, sono anche una pessima
ballerina!» aggiunsi.

Laurie sorrise e disse: «Non preoccuparti. Balleremo nella stanza vuota qui a fianco. Si sente bene la musica che viene dal salone delle feste e nessuno ti vedrà. Puoi stare tranquilla!».

Laurie mi insegnò dei nuovi passi e danzammo per un po', chiacchierando e dimenticandoci di tutto.

All'improvviso sentii chiamare il mio nome… «Jo, Jo, dove sei?»

Era Meg, che entrò nella stanza zoppicando.

«Jo, aiutami. Mi sono slogata una caviglia. Mi fa un male terribile!»

«Non vorrai tornare a casa, vero? Proprio adesso che mi stavo divertendo!» le dissi io, che non avevo proprio voglia di abbandonare la festa.

Ma alla fine dovetti rassegnarmi, perché mia sorella era dolorante e afflitta.

Laurie si offrì di accompagnarci a casa con la sua carrozza.

«Che lusso!» esclamai mentre ci salivo sopra.

«Mi sento proprio una gran signora!» aggiunse Meg.

Laurie ci accompagnò fino alla porta di casa e mi salutò.

«Grazie per la bella serata, Jo. Spero ci rivedremo presto».

«Contaci!» risposi. «Grazie per le danze!»

Una volta in casa, trovammo ad attenderci Beth e Amy, che ci fecero mille domande sul ricevimento e sul mio nuovo amico.

Laurie ed io danzammo per un po',
chiacchierando e dimenticandoci di tutto.

49

IL SIGNOR LAURENCE

Pochi giorni dopo ero in giardino a spalare la neve sul vialetto, quando vidi il signor Laurence, un tipo a detta di tutti burbero e scontroso, che usciva di casa per andare in città.

"Allora Laurie sarà solo. Potrei andare a trovarlo…" pensai.

Ero curiosa di vedere la casa dei Laurence e desideravo incontrare di nuovo il mio amico: dopo il ballo dai Gardiner infatti non c'eravamo più visti. Feci una palla di neve, presi una bella rincorsa e la lanciai sulla finestra della sua stanza.

«Chi è?» si affacciò lui.

«Sono io, Jo March. Ho saputo che sei stato ammalato. Come stai, adesso?»

«Meglio, grazie» rispose Laurie.

«Immagino che ti annoierai, lì tutto solo. Forse ti piacerebbe ricevere qualche visita» aggiunsi, sperando che mi invitasse ad andare a trovarlo.

Laurie capì al volo e subito chiese: «Perché non vieni a trovarmi tu?».

Non me lo feci ripetere due volte. Corsi a chiedere il permesso e dopo pochi minuti stavo bussando alla porta di casa dei vicini. Avevo in mano un dolce preparato dalla mamma.

«Entra, Jo. Sono contento che tu abbia accettato l'invito» disse Laurie. «Sai, sono sempre così solo…»

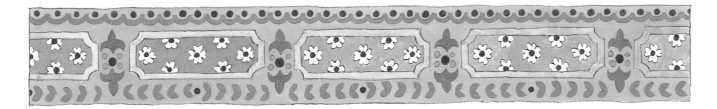

«Che casa meravigliosa! Ma è fantastica! Che bei mobili! E quanti libri!» non riuscii a trattenermi dal dire e, mentre mi gettavo di peso su una soffice poltrona, aggiunsi: «Amo le comodità!».

Parlammo a lungo, davanti al fuoco acceso e a un'abbondante merenda.

«Come va con il signor Laurence?» gli chiesi curiosa.

«Bene! Il nonno è una brava persona. È solo un po' strano. Vive in compagnia dei suoi libri, non gli importa di quel che accade fuori» rispose lui sincero. «E non è abituato ad avere giovani per casa».

«Io ho una certa esperienza, sai, con la gente di quell'età, perché sono la dama di compagnia della zia March. È una persona impossibile, ma meno cattiva di quanto sembri» dissi alzandomi dalla poltrona.

Poi, con il fare di chi sa quello che dice, aggiunsi: «Tuo nonno è un po' scorbutico, ma non è poi così male. Non ho paura di lui. Mi è simpatico, dico sul serio».

«Davvero la pensa così, signorina? E non ha paura di me?» tuonò una voce alle mie spalle.

Mi girai e… mi ritrovai davanti il signor Laurence!

Mi girai e mi ritrovai davanti il signor Laurence…

Laurie mi diede dei fiori...

«Che bel pianoforte!»

Andammo a pattinare...

Avevo fatto una gran brutta figura!
Ormai non potevo ritirare quello che avevo
appena detto, e risposi coraggiosamente:
«Proprio così!».
«Mi piacciono i tipi sinceri. Anche tu mi
sei simpatica e sarà un grande onore per
me averti spesso ospite nella mia casa»
concluse lui, mentre un sorriso di tenerezza
gli spuntava dietro l'espressione seria.
Laurie mi fece visitare la casa.
Poi mi mostrò la splendida serra e mi diede
un mazzo di fiori profumatissimi.
«Tieni, sono per la tua mamma» disse.
«Ringraziala per il dolce che mi ha
mandato e dille che ora sto già meglio!».
Nel salone la mia attenzione fu attratta
da un magnifico pianoforte. «Che bello!
Chissà quanto piacerebbe a mia sorella Beth
suonarne uno così!» esclamai ammirata.
Laurie sfiorò i tasti e disse: «Pensa che a
me non è mai piaciuto questo coso!».
Il signor Laurence, che stava su una
poltrona a leggere il giornale, allora disse:
«Dille che può venire a provarlo quando
vuole».
«Lo farò!» esclamai con convinzione.
Laurie ed io, per concludere degnamente
il bel pomeriggio, decidemmo di andare
insieme a pattinare.
Quando fui a casa, dissi a Beth della
faccenda del pianoforte.
«Davvero posso suonare il piano dei
Laurence quando voglio? Allora ci andrò
domani!» esultò Beth.

UN DONO PER BETH

Beth era molto timida, ma aveva così tanta voglia di vedere il piano di cui le avevo parlato che la mattina dopo uscì per andare a casa Laurence.

Dopo aver percorso circa dieci volte il vialetto avanti e indietro, rimase per un po' di tempo a fissare la porta di casa dei vicini, indecisa se proseguire o fuggire indietro. Alla fine si fece coraggio e suonò.

Il signor Laurence, che aveva spiato la buffa scena dalla finestra, corse ad accogliere la nuova ospite. «Buongiorno!» disse.

«Ehm, buongiorno, ecco, io sono la sorella di Jo… ehm… sono venuta a… a… grazie per l'invito» farfugliò Beth in preda al panico.

«Signorina Beth March, è un grande onore per me averla nella mia casa. Prego, si accomodi in salone» le disse l'anziano signore con molta dolcezza.

Quando Beth vide il piano, pensò che se avesse potuto suonarlo si sarebbe sentita al settimo cielo. Ma non voleva avvicinarsi allo strumento, perché non aveva il coraggio di confessare a quel signore così gentile che si vergognava di suonare davanti a lui. Il signor Laurence, che era stato

avvertito da Jo della timidezza di Beth, disse: «Mi deve scusare, ma ho da fare. Lei rimanga pure quanto vuole». E subito dopo si allontanò. Beth si sentì sollevata e si mise a suonare, dimentica di tutto. Il signor Laurence la ascoltava rapito da dietro una porta, attento a non farsi notare. Da allora Beth andò molto spesso dai Laurence a suonare il piano.

Un giorno decise che doveva regalare
qualcosa a quel signore tanto gentile, così
chiese consiglio alla mamma.
«Voglio preparare per il signor Laurence
un paio di pantofole ricamate. Che ne dici?»
«Mi sembra un'idea fantastica» rispose lei.
Ci mettemmo tutte all'opera per aiutare
Beth e, una volta terminato, il dono fu
lasciato da Laurie sulla scrivania del nonno.
Un paio di giorni dopo, di ritorno da una
passeggiata, Beth ci trovò sulla porta
di casa, in preda all'eccitazione.
«Beth, Beth, corri a casa!» gridai.
«Presto, corri! C'è una sorpresa per te!»
aggiunse Meg.
Beth entrò in casa e… meraviglia! In salone
c'era un bellissimo pianoforte.
L'aveva mandato il signor Laurence insieme
a una lettera, che diceva:
    "Cara signorina Beth March,
    nella mia vita non ho mai posseduto
delle pantofole più comode di quelle che lei
    mi ha regalato. Mi permetta di ricambiare
    con questo dono, che spero lei gradirà.
    Con sincero affetto, James Laurence".
Beth rimase senza parole per l'emozione.
«Provalo!» le dissi.
Lei si sedette e cominciò a suonare
qualcosa. Poi, improvvisamente, si alzò in
piedi e disse: «Devo andare a ringraziarlo!».
Quindi uscì di corsa, entrò nella casa
accanto e abbracciò il signor Laurence
che, commosso, la strinse a sé con l'affetto
di un nonno. Da quel giorno quei due
furono grandi amici.

AMY E JO

Poco tempo dopo Laurie invitò Meg e me ad andare con lui a teatro. Aveva acquistato i biglietti per il sabato pomeriggio, perciò subito dopo pranzo io e mia sorella iniziammo a prepararci. Ma non avevamo fatto i conti con quella capricciosa di Amy. «Per favore, portate anche me» disse in tono supplichevole. Noi le rispondemmo di no.

Allora iniziò a infuriarsi e a fare i capricci: «Voglio venire anch'io. Siete cattive a lasciarmi qui a casa».

«Tu non puoi venire, punto e basta!» dissi io seccata.

«E perché?» chiese lei.

«Perché non sei stata invitata! E adesso vattene in camera tua e lasciaci in pace» tagliai corto io.

Sembrava che si fosse arresa, perché vidi che se ne tornava nella sua stanza. Ma mi sbagliavo!

Mentre uscivamo di casa, sentii la sua voce in cima alle scale che diceva: «Te ne pentirai, Jo March!».

Infatti, al mio ritorno mi accorsi che mancava il libro di fiabe che avevo scritto con tanta fatica. Ci tenevo tantissimo, e ora non c'era più.

«L'ho buttato nel camino, sorellina. Te lo meritavi!»

A stento riuscii a trattenermi. In preda all'ira, urlai: «Sei un piccolo mostro, Amy! Non ti rivolgerò mai più la parola!». E così feci.

Qualche giorno dopo ero ancora nervosa, così decisi di andare a pattinare con Laurie per distrarmi un po'. Quando Amy mi chiese se poteva venire con noi, le risposi di non pensarci nemmeno. Lei non osò dire altro.

Amy era caduta nell'acqua ghiacciata e si agitava chiedendo aiuto...

«Seguila a una certa distanza» le suggerì Meg.
Per tutta la strada la vidi con la coda dell'occhio che camminava avvilita dietro di noi, ma non mi intenerii per niente. Arrivati al laghetto ghiacciato, prima di infilare i pattini, Laurie mi avvertì di stare attenta.
«In alcuni punti il ghiaccio è molto sottile e potrebbe rompersi» disse.
Volevo distrarmi e non pensai di avvertire Amy, pur sapendo che lei non era certo una campionessa di pattinaggio. Ero ancora troppo arrabbiata...
Be', insomma, dopo pochi minuti sentii un rumore strano.
Laurie si voltò e... «Amy! Jo, guarda!» iniziò a gridare.
Amy era caduta nell'acqua ghiacciata e si agitava chiedendo aiuto.
«Arriviamo, Amy, arriviamo!» disse Laurie mentre correvamo verso il luogo dell'incidente.
Ci riempimmo di lividi e di graffi, ma alla fine riuscimmo a tirarla fuori da quella trappola d'acqua gelata. Era un fagottino tutto fradicio e violaceo, ma

era salva! La avvolgemmo nei pochi vestiti asciutti rimasti e la portammo di corsa a casa. La mamma la asciugò e la mise a letto. Ero disperata: a causa della mia cattiveria avevo rischiato di perdere per sempre la mia piccola Amy. Andai da lei, mi sedetti sul suo letto e iniziai ad accarezzarla. Amy si svegliò, mi guardò con un grande sorriso e mi abbracciò. Ci stringemmo con affetto e tutto venne dimenticato.

Qualche tempo dopo arrivò a casa una lettera profumata.
Era per Meg e diceva: *"La signorina Annie Moffat e la sua famiglia sarebbero felici di averla loro ospite per due settimane"*.

Annie era una cara amica di Meg e la sua famiglia faceva parte della buona società: era un grande onore ricevere un loro invito! Meg era al settimo cielo. «È fantastico! Abiterò nella meravigliosa casa di Annie!» continuava a ripetere mentre preparava i bagagli. In realtà Meg non era molto soddisfatta del suo guardaroba e, mentre guardava i suoi abiti mille volte lavati e rammendati, pensava che ne avrebbe voluti di nuovi e più belli. Intuii il suo pensiero e dissi: «Che vuoi farci? Non possiamo permettercelo». «Lo so, Jo, lo so bene» sospirò Meg mentre chiudeva il suo baule. Casa Moffat le sembrò un paradiso. Tutti quanti non facevano altro che divertirsi e partecipare ogni sera a un ricevimento o a un banchetto. "Questa sì che è vita!" pensò una sera mentre si preparava per la grande festa che si sarebbe tenuta proprio nella magnifica casa dei Moffat. Annie e sua madre avevano voluto a tutti i costi prestarle per l'occasione uno splendido abito. "Forse perché hanno visto che il mio vestito da ballo è vecchio e rovinato e non vogliono fare brutta figura" si disse, ma il vestito era così elegante che non riuscì a resistere alla tentazione e lo indossò. Quando entrò nel salone si sentiva un po' ridicola con tutti quei pizzi, ma pensò tra sé: "Mi ci devo abituare se voglio diventare una gran signora!". In realtà non riusciva a respirare per il vestito troppo stretto e si sentiva terribilmente impacciata. Mentre camminava tra gli invitati, sentì una voce nota: «Signorina Meg, mi concede l'onore di questo ballo?». «Laurie! Anche tu qui? Ti concederò questo ballo con piacere!» rispose. Meg si aspettava qualche complimento per la sua eleganza, ma Laurie taceva. A un certo punto gli chiese: «Non ti piaccio così?». «Se devo essere sincero no, non mi piaci vestita così. Ti preferivo prima» rispose Laurie convinto. Meg ci pensò un attimo sopra e poi disse: «Hai ragione! Anch'io non mi piaccio. Non sono fatta per questa vita. Ti prego, non dire niente di questa sera alle mie sorelle». «Giuro che non parlerò» disse Laurie. E mantenne la promessa. Laurie aveva dimostrato sia a me che a Meg di essere davvero un buon amico.

Qualche tempo dopo io e le mie sorelle organizzammo in soffitta una delle riunioni della nostra "associazione segreta", durante le quali leggevamo e discutevamo di tante cose. Preparavamo anche un giornale, cui ognuna di noi dava il suo contributo: io naturalmente, l'esperta di scrittura, ero il direttore.

«Propongo di far entrare un nuovo socio» iniziai io. «Una persona che farebbe onore al nostro club e che rallegrerebbe le nostre sedute divertendoci con i suoi racconti».

Amy e Beth non volevano nessun altro, ma Meg era dalla mia parte e, dopo una breve discussione, urlai rivolta verso la porta: «Puoi venire!».

Il nuovo socio entrò cerimonioso.

Quando Amy e Beth videro Laurie, lo invitarono a unirsi a noi. Anzi, si arrabbiarono perché non avevamo detto subito che il nuovo socio era lui!

Laurie propose subito di organizzare un ufficio postale in un angolo del suo giardino, per lo scambio di corrispondenza tra i membri del club, e la sua idea fu accolta con entusiasmo.

Decidemmo poi di preparare una cena per festeggiare. La mamma non c'era e quindi andai io al mercato a fare la spesa. Comprai un'aragosta microscopica, asparagi vecchissimi e fragole verdi come insalata. La mia esperienza come cuoca si rivelò un disastro, ma a noi bastava stare insieme e la serata fu ugualmente un successo.

Proposi di far entrare un nuovo socio...

COLAZIONE ALL'APERTO

Finalmente arrivò l'estate e, con essa, le vacanze.

La zia March era partita e io ero felice di avere un po' di tempo a disposizione per leggere il mucchio di libri che avevo tenuto da parte per le vacanze. Anche Meg non doveva andare a lavorare e già pregustava di farsi delle lunghe dormite. Beth e Amy erano un po' invidiose: anche loro avrebbero voluto divertirsi e giocare tutto il giorno invece di studiare!

«Non dimenticate che avete tante cose da fare in casa!» ci disse la mamma.

«Ti prego mamma, – rispondemmo noi in coro – solo per una settimana! Possiamo trascorrere una vera vacanza, senza compiti nè doveri?».

La mamma acconsentì, sicura che ci saremmo stufate dopo i primi due giorni. Aveva ragione! L'esperimento fu di breve durata e in poco tempo ritornammo con gioia ai nostri piccoli compiti quotidiani.

Era luglio quando Laurie decise di organizzare un picnic in riva al fiume in onore di alcuni suoi amici inglesi, i Vaughn.

Io e le mie sorelle fummo ovviamente invitate.

Con un paio di barche raggiungemmo il luogo stabilito per la colazione all'aperto. Io e Laurie stavamo ai remi di una delle due imbarcazioni e con noi c'era tra gli altri Kate Vaughn, un tipo che si dava un po' di arie ma che tutto sommato non era antipatica. Sull'altra barca c'erano Ned Moffat, il fratello di Annie, e John Brooke, l'insegnante privato di Laurie. Entrambi non avevano occhi che per Meg, che sembrava divertirsi molto insieme ai suoi due ammiratori.

Io mangiai a più non posso e dopo pranzo me ne andai a fare un pisolino all'ombra di un albero. Meg, invece, che non esagerava mai, si appartò in una radura con Kate Vaughn e John Brooke. Non capisco come facesse a sopportare quel tale così appiccicoso!

Kate mostrò a Meg i suoi disegni. «Ma sono bellissimi!» esclamò impressionata mia sorella.

La giovane inglese fu altrettanto colpita dal fatto che Meg lavorasse.

Kate mostrò a Meg i suoi disegni…

«Qui in America è normale lavorare per le ragazze che vogliono essere indipendenti!» precisò Meg orgogliosa.

«Ed è una cosa degna di stima e di considerazione» commentò Brooke guardando Meg negli occhi.

Mentre tornavamo a casa, mi accorsi che Meg sembrava camminare su una nuvola…

Trascorsi i giorni seguenti a lavorare a certi racconti.

Quando li ebbi finiti, li misi sotto braccio e uscii di nascosto da casa: non volevo far sapere che andavo in città.

IL SEGRETO

Attenta com'ero a non farmi notare,
non mi accorsi che, con il mio fare
circospetto, avevo attirato l'attenzione
di Laurie, che proprio
in quel momento si era affacciato
alla finestra della sua stanza.
Una volta giunta in centro, cercai
il luogo che mi interessava.
"Ah, eccomi arrivata!" dissi tra me
entrando furtivamente in un portone.
Subito mi trovai in un'enorme stanza
piena di tipi indaffarati, che
correvano avanti e indietro con un
sacco di fogli in mano e che usavano
parole che non conoscevo.
"Ecco il mio mondo!" sospirai tra me
e me, stringendo il mio manoscritto tra
le mani. Ero nella redazione di una
rivista, *"L'aquila dalle ali spiegate"*.
«Signorina, sta cercando qualcuno?»
mi chiese un tale che sembrava
andare molto di fretta.
«Sì, il direttore. Mi chiamo Jo March
e vorrei… ehm… sottoporgli un paio
di racconti scritti da me e…» iniziai.
«Bene, li lasci pure lì insieme al suo
nome e indirizzo. Le faremo sapere

61

se ci interessano. Buongiorno!» tagliò corto lui e si allontanò senza aspettare una risposta. Feci come aveva detto e, poiché sembrava che tutti ignorassero la mia presenza, me ne andai.

E chi trovai ad aspettarmi all'uscita?

«Ehi, guardate!» dissi...

Laurie, che mi aveva seguita e aveva scoperto il mio segreto.

«Sbaglio o la signorina Josephine March ha deciso di intraprendere a insaputa di tutti la carriera di scrittrice?» disse.

«Ti prego, non parlarne con nessuno! Voglio che la cosa resti tra me e te» lo supplicai.

«Però, se qualche racconto viene pubblicato, voglio essere il primo a saperlo» disse.

«Promesso!» risposi con solennità.

E così feci.

Poco tempo dopo entrai in casa con in mano una rivista.

Hannah e le mie sorelle erano in salotto e stavano ricamando.

«Ehi, volete che vi legga qualcosa?» esordii.

«Sì, così sentiremo uscire dalla tua bocca qualcosa di interessante, una volta tanto!» commentò Amy.

Il racconto, intitolato *"I pittori rivali"*, piacque molto alle mie sorelle e allora dissi: «Volete sapere chi l'ha scritto?».

«Chi?» chiesero tutte in coro.

«Vostra sorella!» esclamai esultante mentre sventolavo sotto il loro naso la firma alla fine della storia. «E il mese prossimo ce ne sarà un altro!»

Meg, Beth, Amy e Hannah furono davvero contente e anche Laurie, quando l'aveva letto qualche ora prima, (glielo avevo promesso!) si era commosso. Ma la più felice di tutti fu la mamma. «Sono orgogliosa di te!» disse con le lacrime agli occhi.

Anch'io ero soddisfatta: ero sicura di aver trovato la mia strada.

IL TELEGRAMMA

Era un piovoso giorno di novembre.
Io, Meg e la mamma eravamo appena rientrate e ci riposavamo
un momento sul divano, quando Hannah entrò di corsa in casa.
«Un telegramma! È arrivato un telegramma!» gridò porgendolo alla mamma
come se scottasse.
Il telegramma era brevissimo, però le poche parole che leggemmo ci
gettarono nella disperazione: *"Signora March, suo marito è gravemente
ammalato. Deve venire subito"*.
«Presto, non c'è tempo da perdere!» disse la mamma quando si fu ripresa
dallo spavento. «Jo, va' a comprare alcune cose che mi serviranno per curare
papà: non sempre nei magazzini degli ospedali si trova ciò che serve. Beth,
corri dal signor Laurence e chiedigli se può prestarci la sua carrozza. Tu,
Amy, darai una mano ad Hannah. Meg, puoi aiutarmi a preparare le valigie?»

Il telegramma ci gettò nella disperazione...

Senza dire niente e cercando di trattenere le lacrime, corremmo tutte a fare ciò che c'era stato chiesto e in poco tempo gli ordini furono eseguiti.

«Queste cose potranno esserle utili» disse il signor Laurence entrando in casa con un grande pacco, e aggiunse: «La carrozza è già fuori che aspetta! Non si preoccupi, avrò cura io delle sue figlie!».

«Grazie, questo mi fa sentire meglio!» rispose la mamma. «Le sono davvero riconoscente».

L'anziano signore allora aggiunse: «Se lo desidera, potrei venire con lei. Il viaggio è molto lungo e forse le farebbe piacere avere compagnia».

La mamma ringraziò, ma gli rispose che preferiva che una persona della sua età non affrontasse un simile viaggio.

Il signor Laurence parve riflettere poi uscì di casa con passo veloce, per tornare poco dopo in compagnia del signor Brooke.

«Signora March, devo andare a Washington per affari, sarei felice di accompagnarla» disse lui.

«Non potrei chiedere di meglio!» esclamò la mamma con sollievo.

Così li accompagnammo alla carrozza e li salutammo.

Eravamo tristi, ma ci sforzammo di non piangere.

«Vedrete, andrà tutto bene!» disse Hannah per rassicurarci.

In realtà eravamo tutte molto preoccupate.

Beth è ammalata

Il dottore disse che era grave...

Durante l'assenza della mamma io e le mie
sorelle cercavamo di comportarci bene, ma
la più brava di tutte era certamente Beth.
Teneva in ordine la casa e, quando aveva
un attimo libero, si prendeva cura
dei piccoli della signora Hummel.
Una sera Beth tornò a casa pallida
e tremante.
«Il più piccolo degli Hummel ha la
scarlattina e credo di averla presa anch'io».
Fece appena in tempo a pronunciare la
frase e poi svenne. «Che succede, Beth?»
gridai mentre correvo ad aiutarla.
«Portiamola a letto!» disse Hannah
spaventata. «Presto, corri a chiamare
il dottore!» ordinò Meg ad Amy.
Quando il dottor Bangs entrò nella stanza
di Beth, la nostra sorellina stava davvero
male. La visitò, le diede una medicina e
disse a Meg: «La piccola è molto grave».
Nei giorni seguenti le cose non
migliorarono, e noi non sapevamo più cosa
fare. «Ah, se la mamma fosse qui!»
continuavamo a ripeterci.
Il dottor Bangs veniva spesso a vedere
Beth e dopo qualche giorno ci disse:
«Ho fatto tutto quello che potevo. Ora non
ci resta che sperare».
Non c'eravamo mai sentite così sole
e disperate. Ma non volevamo scrivere
alla mamma per non darle altri dispiaceri.

La mamma tornò a casa...

Subito corse a vedere Beth...

*Mentre
costruivo
il pupazzo
di neve
pensavo che era
bello essere di
nuovo felici.*

Per fortuna una mattina, dopo l'ennesima notte passata a vegliare Beth, Meg e io ci accorgemmo che non scottava più.

«Dorme serena!» ci rassicurò Hannah. «Ce la farà!»

In quel momento vedemmo entrare dalla porta una figura conosciuta.

Era la mamma, che finalmente tornava a casa! Per fortuna ci aveva pensato Laurie, ad avvertirla.

«Mamma! Mammina!» gridammo in coro vedendola entrare.

«Come sta Beth?» furono le sue prime parole.

«È fuori pericolo!» esclamai.

«Anche vostro padre sta meglio. Vedrete, d'ora in poi le cose andranno per il verso giusto!» disse lei. Poi andò nella stanza di Beth e non volle allontanarsi dal suo letto per molti giorni.

Facevamo alla mamma un sacco di domande sul papà e su quello che era accaduto a Washington. Meg ogni tanto chiedeva anche di John Brooke, che a quanto pare era diventato molto amico dei miei genitori.

Ora che Beth si stava riprendendo a vista d'occhio, che la mamma era di nuovo a casa e che papà stava meglio la vita sembrava tornata a sorridere a tutti noi. Così, fu con gioia che ci accorgemmo che era arrivato ancora una volta il Natale! Dopo il brutto momento che avevamo passato, ora eravamo contente di dedicarci ai preparativi per quel giorno di festa.

«Jo, vieni fuori con me a fare un bell'omino di neve?» mi urlò Laurie dal giardino. «Arrivo subito!» gridai a mia volta.

Mentre costruivo il pupazzo pensavo che era bello essere di nuovo felici.

TORNA PAPÀ

Era la mattina del Natale più bello della nostra vita. Stavamo guardando i regali che avevamo ricevuto: io avevo tra le mani il libro che desideravo da tempo, Amy una bellissima stampa e Beth era circondata da una montagna di doni. Meg poi, grazie alla generosità del signor Laurence, stava provando l'abito di seta che aveva tanto desiderato.
«Come mi sta?» chiese vanitosa.
«Sei ridicola!» dissi io, sapendo che non vedeva l'ora di farsi vedere così conciata da quel suo John Brooke.
«Ti sta benissimo, invece!» commentò la mamma.
Amy sospirò: «Oggi sono davvero contenta!». «Anch'io! E lo sarei ancora di più se ora arrivasse papà» disse Beth.
Proprio in quel momento la porta di casa si aprì ed entrò Laurie.
«Ecco un altro regalo di Natale per la famiglia March!» disse.
Dietro di lui c'erano Brooke e un tale imbacuccato che zoppicava un po'.
Meg, Amy, Beth e io capimmo subito di chi si trattava. Gli corremmo incontro gridando: «Papà! Papà!».

«Piccole mie! Che gioia vedervi!» disse mentre lo riempivamo di baci.

La mamma con gli occhi umidi si avvicinò a lui e lo abbracciò forte.

Hannah riuscì a dire soltanto: «Vi preparerò un pranzo magnifico! Oggi è un gran giorno di festa!».

Poi scomparve in cucina per non farsi vedere piangere.

Laurie e John se ne andarono per lasciarci un po' soli prima del grande festeggiamento a cui anche loro avrebbero partecipato.

Beth si sdraiò sul divano e il papà si accomodò sulla sua poltrona preferita.

Meg e Amy mi passavano le decorazioni, mentre io addobbavo l'albero.

Dopo un po', papà iniziò a parlare: «Voglio dirvi una cosa, piccole mie. Vi trovo tutte più grandi e più sagge di quando vi ho lasciato. Meg, noto con vero piacere che sei diventata meno vanitosa».

«Ma dai, papà! Non vedi che non fa altro che parlare del vestito che le ha regalato il signor Laurence?» lo interruppi ridendo.

«Jo! Lascialo parlare!» mi redarguì la mamma.

«E tu Beth, – continuò papà – stai imparando a vincere la tua timidezza».

«Sì, questo è vero!» annuii con convinzione.

«Jo! Taci!» disse la mamma con voce imperiosa.

«Amy, – riprese – sei diventata più generosa».

«Ma se stamattina non voleva prestarmi nemmeno la sua spazzola!» sbuffai.

«Finiscila, Jo!» gridò la mamma esasperata.

«E infine tu, Jo, – concluse papà – hai imparato a comportarti un po' di più come si deve…».

«Ma, papà, come puoi dire così di Jo? Non vedi che è incivile come sempre?» esplose Amy, mentre Meg e Beth facevano cenni di assenso.

«Dicevo – continuò papà – che Jo sarebbe davvero perfetta se imparasse ogni tanto a stare zitta!».

A questo punto tutti si misero a ridere.

«Be', almeno vi faccio divertire!» dissi io fingendomi offesa.

In realtà eravamo tutti troppo felici per arrabbiarci.

Poi papà si mise a lodare John Brooke. Quant'è bravo John, quant'è simpatico John e cose del genere. Insomma, a casa nostra ormai non si faceva che nominare quel tipo appiccicoso che continuava a dar fastidio a Meg.

E inoltre di lì a pochi minuti sarebbe arrivato a casa nostra!

Non si poteva più vivere senza vederselo sempre intorno…

MEG SI FIDANZA

Mentre Hannah era in cucina a preparare quello che aveva definito 'il miglior pranzo della sua vita', grandi avvenimenti stavano per accadere a casa March.

Prima di tutto arrivò John Brooke e tutti gli fecero un sacco di feste. Per non parlare poi di Meg, che diventava rossa come un peperone ogni volta che lui le rivolgeva la parola. Non sopportavo tutte quelle moine e, appena riuscii a rimanere un attimo sola con lei, la affrontai decisa.

«Senti, Meg, – le dissi – non mi dirai che ti piace quel Brooke, vero? Non sei un po' troppo giovane per fidanzarti?»

«Ma cos'hai capito, Jo? Ti sbagli, io parlo con John solo per essere gentile. E tu non dovresti essere così antipatica con lui!» ribatté lei arrossendo.

«Non mi hai risposto. Allora, ti piace o no?» la incalzai io.

«E se anche fosse? Non vedo cosa c'è di strano. John piace anche a mamma e papà!» rispose lei risentita.

«Questo dimostra soltanto che in questa casa siete tutti impazziti!» continuai io.

«E poi non so ancora se mi piace. E comunque non sono affari tuoi!» si difese lei senza troppa convinzione.

«Fai come vuoi» conclusi seccata. Poi le voltai le spalle e andai di sopra a riordinare la mia stanza.

Hannah preparava 'il miglior pranzo della sua vita'...

Ero certa che John Brooke sarebbe venuto a casa nostra
per fare una dichiarazione d'amore a Meg. E i miei genitori naturalmente
erano d'accordo, visto che a loro era tanto simpatico!

In meno di mezz'ora accadde ciò che temevo.

Quando si trovarono soli nell'ingresso, John guardò teneramente Meg
e le sussurrò: «Credi che potrai mai volermi un po' di bene, Meg? Io te ne
voglio tanto e so che non posso vivere senza di te».

All'inizio Meg rimase senza parole. Era confusa.

Se lo avesse guardato negli occhi, aveva la sensazione che avrebbe detto
subito di sì. Invece non voleva lasciarsi prendere alla sprovvista.

Non era sicura, voleva riflettere un po' e pensarci con calma.

Poi però non poté resistere alla tentazione e lanciò uno sguardo furtivo
verso John: vide che i suoi occhi brillavano di tenerezza ma notò anche che
sembrava visibilmente soddisfatto e un po' troppo sicuro del suo successo.

La cosa la irritò. "Come si permette
di dichiararsi così improvvisamente?
Cosa crede, che cadrò subito ai suoi
piedi?" pensò tra sé e sé.

Così gli disse infuriata: «Per favore,
lasciami in pace! Non voglio pensare
a te. E poi sono ancora troppo
giovane e non so nemmeno se mi
piaci così tanto da frequentarti!».

Lui ci rimase così male che non
riuscì a dire nemmeno una parola.

Rimasero lì, vicini e in silenzio.

In quel momento la porta si spalancò
ed entrò come una furia la vecchia
zia March.

*La porta si spalancò ed entrò come
una furia la vecchia zia March…*

71

*Quando scesi per andare
a tavola, li vidi seduti
uno di fronte all'altra...*

Brooke corse a nascondersi nello sgabuzzino mentre Meg, rossa come
un peperone, la salutò timidamente.
La vecchia signora, che aveva capito subito cosa stava succedendo,
la aggredì: «Cosa stavate facendo? Chi è quel tipo con cui parlavi?».
«È il signor Brooke, un amico di papà. Sono davvero sorpresa di vederti, zia!»
rispose Meg imbarazzata.
«Questo mi sembra evidente!» replicò la zia. «So chi è quel Brooke!
Un buono a nulla, che non farà mai carriera e non diventerà mai ricco!
Lascialo perdere. E poi, se pensa di sposarti perché spera di ereditare i miei
soldi, si sbaglia di grosso. Ti avviso Meg, se hai intenzione di vederlo
ancora, ti diseredo!»
«Come ti permetti, zia, di insultare il *mio* John?» attaccò Meg. «A lui non
interessa il tuo denaro e so che i suoi sentimenti per me sono sinceri. E poi,
io sposerò chi voglio, hai capito?»
«E va bene, fai come vuoi! Ma sappi che mi hai molto deluso. E ora me ne
vado, perché non intendo restare in questa casa un momento di più!»
concluse e uscì sbattendo la porta.
John Brooke, che aveva sentito tutto, stava già correndo verso Meg,
sorridendo incredulo e felice.
«Allora anche tu mi vuoi bene?» le disse.
«Sì, John. L'ho capito quando la zia ti ha insultato e io l'ho assalita come
una furia, prendendo le tue difese» rispose Meg.
Quando scesi per andare a tavola li trovai seduti l'uno di fronte all'altra.

Non si accorsero neppure della mia presenza, tanto erano intenti a parlare tra loro.

"È una vergogna!" pensai e corsi in salotto per avvisare gli altri. «Per favore, venite subito!» dissi agitata. «Quel tipo, John Brooke, si sta comportando in un modo orribile e Meg lo lascia fare!»

La mamma e il papà corsero a vedere cosa stava succedendo mentre io rimasi con Beth e Amy, che non smettevano di farmi domande ed erano eccitatissime. Mi accasciai su una poltrona e dissi sconsolata: «Lo sapevo! Non ci libereremo mai più di quel tipo! Come se non bastasse, un giorno si sposeranno e Meg se ne andrà di casa!».

Poco prima di sederci a tavola per la cena Meg e John annunciarono il loro fidanzamento. Erano raggianti e tutti si congratularono con loro.

Anch'io lo feci, cercando di mettere da parte la gelosia e il rancore. La mamma diceva che così va la vita e quindi non c'era altro da fare… Ci sedemmo tutti a tavola: finalmente la famiglia March era al completo.

Ci sedemmo tutti a tavola: la famiglia March era finalmente al completo…

C'erano anche i nostri amici più cari, il signor Laurence e Laurie.

E, ovviamente, il nuovo arrivato: John Brooke, che per tutta la durata della cena sussurrò a Meg paroline dolci.

Nessuno mangiò molto, ma tutti avevano l'aria di essere davvero felici. Quanto a me, ero un po' triste, perché adoravo mia sorella e mi rendevo conto che d'ora in poi avrei dovuto dividerla con qualcun altro… e con un estraneo, per di più!

Avevo paura di perdere o di veder diminuire in qualche modo il suo affetto.

Laurie, che sapeva leggermi nel pensiero, mi consolò:

*Mi dispiace dovervi salutare,
ma il mio racconto si conclude qui.
Spero che la mia storia vi sia piaciuta:
allora, cosa dite, sono o non sono
una brava scrittrice?*

«Non abbatterti, Jo, ci vorrà parecchio tempo prima che Meg se ne vada di casa. E poi ti resto sempre io: so che non posso sostituirla, ma ti prometto che farò del mio meglio!».

Le parole di Laurie mi fecero bene, mi sentivo già meglio e pronta a guardare con gioia al futuro.

A quel punto potevo godermi in pace quello che fu, non solo per Hannah ma per tutti noi, il miglior pranzo della nostra vita.

FINE

ALEXANDRE DUMAS

I TRE MOSCHETTIERI

IL DUELLO

Da piccolo avevo un sogno: diventare moschettiere del re di Francia. Cos'è un moschettiere, chiederete voi? È un cavaliere che ha l'incarico speciale di proteggere il re. Un giorno mio padre mi regalò un sacchetto di monete d'oro e un cavallo e mi salutò con affetto. Presi il denaro e partii al galoppo. Parigi mi stava aspettando e presto avrebbe saputo il mio nome: d'Artagnan! Cavalcai per giorni, finché arrivai a una locanda, nel villaggio di Meung…

Alla locanda incontrai uno strano tipo: era elegante e aveva una lunga cicatrice sotto l'occhio. Vidi che guardava verso di me ridendo di gusto. «Ah, che cos'è quello, un cavallo?» mi disse.

«Sì, è il mio cavallo» risposi offeso.

«Non ho mai visto un cavallo di quel colore. È giallo!» mi schernì lui.

Dopo essere stato bastonato dalle sue guardie, corsi fuori e lo vidi…

75

Tréville mi accolse gentilmente...

Era insopportabile.

«Esigo che facciate le vostre scuse, a me e al cavallo!» lo sfidai. «Non me lo sogno nemmeno!» replicò lui.

«Allora vi sfido a duello!» tagliai corto. Subito le sue guardie mi saltarono addosso e mi diedero un bel po' di botte, tanto da farmi perdere i sensi. Quando mi ripresi, mi trovavo nella locanda. Subito, con la testa fasciata, uscii di corsa a cercarlo.

Lo vidi nel cortile che stava parlando con una bellissima dama. Poco dopo lei lo salutò e salì su una carrozza. Poiché anche il tipo con la cicatrice era svanito nel nulla decisi di rimettermi in cammino.

Arrivato a Parigi, mi diressi verso il quartier generale dei moschettieri e mi presentai al signor Tréville. Quando scoprì che ero figlio di un suo vecchio amico mi abbracciò. «Giovane d'Artagnan! Quante avventure ho vissuto insieme a tuo padre! Dimmi, in cosa posso esserti utile?» mi chiese.

«Voglio diventare moschettiere!» dissi d'un fiato.

«Non è tanto semplice!» cominciò lui pensieroso, guardandomi con un sorriso bonario. «Prima devi imparare il mestiere. Ti farò entrare in un'altra compagnia e poi, quando sarai pronto, potrai unirti a noi».

«Non pensavo fosse così difficile!» esclamai deluso, guardando fuori dalla finestra. Fu allora che nel cortile vidi il tale della locanda. «È lui!» gridai. «Scusate, devo andare. Tornerò presto a trovarvi» dissi a Tréville e mi lanciai fuori. «Grazie di tutto!» gridai mentre ero già sulle scale. Per la fretta mi scontrai con un moschettiere dall'aria elegante e lo feci cadere a terra.

«Ma che modi!» mi rimproverò lui.

«Scusate, ma non ho tempo da perdere!» tagliai corto. «Beh, potreste almeno aiutarmi ad alzarmi!» continuò quello.

«Perché, non ci riuscite da solo?»

«Questo è troppo! Esigo soddisfazione! Vi aspetto a mezzogiorno al convento dei Carmelitani. Sapete dove si trova?» disse il cavaliere infuriato. Certo che ci voleva poco per far arrabbiare un moschettiere!
«Non preoccupatevi!» risposi con spavalderia. «Ah, a proposito, mi chiamo d'Artagnan!» «Il mio nome è Athos...» lo sentii dire mentre mi allontanavo.

Non feci più di cinquanta metri che finii contro un altro moschettiere, un bel po' più grosso del precedente.
«Ehi, dico, vi sembra il modo di andare in giro?» chiese lui.
«Spostatevi, per favore! Ho fretta!» dissi bruscamente invitandolo a togliersi di mezzo. «Mi impedite il passaggio».
«Maleducato!» esclamò lui.
«Maleducato a me? Ritirate subito ciò che avete detto, grassone!» risposi.
«Come osate? Esigo soddisfazione!» disse lui. «Va bene a mezzogiorno al convento dei Carmelitani?» chiese.
«Meglio mezzogiorno e mezzo» dissi, calcolando che per quell'ora il primo duello sarebbe stato già finito.
«Io sono Porthos» si presentò.
«E io sono d'Artagnan!» dissi.
Cercai dappertutto il tipo con la cicatrice, ma non lo vidi più.
Ero stupito: mi trovavo a Parigi da poche ore e già avevo rimediato due duelli. E con due moschettieri, poi! In quel momento vidi un fazzoletto cadere dalla tasca di un moschettiere. "Forse, se sono gentile, almeno un amico lo troverò!" pensai.
Raccolsi il fazzoletto con la spada: era di seta e aveva delle iniziali ricamate.
"Si vede che va di moda tra i moschettieri!" pensai. Lo porsi al proprietario: «Deve essere vostro!»

«Grazie, è mio, e adesso a causa vostra è tutto strappato» replicò lui con aria di superiorità.

«Ma è possibile che voi moschettieri ve la prendiate sempre per niente? Io volevo solo essere gentile!» sbottai.

«Vi insegnerò io a comportarvi come si deve! Ci vediamo…»

«Ci risiamo coi duelli! Va bene alla una al convento dei Carmelitani?» dissi rassegnato. Quella non era proprio la mia giornata fortunata.

«Non mancherò. A proposito, sono Aramis» aggiunse lui mentre si allontanava infastidito. «E io sono d'Artagnan» sbuffai.

Arrivai puntuale all'appuntamento, dove trovai tutti e tre i miei avversari. Erano arrivati insieme e chiacchieravano come se fossero buoni amici.

«Ecco il mio giovane avversario!» esclamò Athos venendomi incontro.

«Ma è anche il mio…» replicò Porthos. «Perbacco, è anche il mio!» lo interruppe Aramis. «Dovete essere un giovane molto coraggioso se vi battete tre volte al giorno!» commentò Porthos in tono divertito.

Gli altri due annuirono sorridendo.

«Non ho tempo da perdere. Athos, voi dovreste essere il primo!» tagliai corto. Dovevo battermi per difendere la mia reputazione.

Stavamo per incrociare le spade quando arrivò un numeroso drappello di soldati. «Le guardie del cardinale!» gridò Porthos.

«E chi sono?» chiesi io. «I nostri più acerrimi nemici» spiegò Aramis.

«E noi siamo solo in tre» osservò Athos.

«In quattro, vorrete dire!» esclamai io.

Tutti e tre mi guardarono con aria interrogativa, mentre mi lanciavo contro le guardie senza pensarci un attimo.

Il duello fu lungo, ma alla fine Athos, Porthos, Aramis e io riuscimmo a mettere in fuga le guardie.

«Ci siamo battuti bene! Ma adesso è ora di andare a pranzo. Venite con noi, d'Artagnan?» mi chiesero. «Con piacere!» risposi io.

Diventammo subito amici e da quel giorno non fui più solo...

IL CADETTO DI GUASCOGNA

Il signor Tréville, come aveva promesso, riuscì a farmi entrare nella compagnia dei cadetti di Guascogna del Signor des Essarts.

Non era proprio come essere un vero moschettiere, ma era già qualcosa.

E comunque avevo tre amici moschettieri…

Athos aveva i modi di un gran signore: infatti era un conte, che aveva preferito una vita avventurosa alle sue immense ricchezze.

Porthos invece amava fare la bella vita e spendeva tutti i suoi guadagni in buon cibo e abiti costosi. Non era elegante come Athos, ma era meglio non dirglielo se non lo si voleva far arrabbiare. Inoltre era… come dire… un po' sovrappeso. Ma anche questo era meglio non dirglielo.

Aramis, il bello del gruppo, amava la lettura e la compagnia delle giovani dame. I miei nuovi amici erano molto diversi tra loro, ma avevano qualcosa in comune: erano coraggiosi e leali.

Presto in tutta Parigi non si parlò d'altro
che della nostra impresa al convento dei
Carmelitani. Re Luigi era così curioso
di sapere com'erano andate le cose che
mandò a chiamare il signor Tréville.
«Sapete che i duelli sono proibiti dalla
legge?» chiese il re appena Tréville
entrò nel suo studio.
«Certo, sire» rispose il capitano dei
moschettieri.
«Dite, è vero ciò che si dice in giro dei
moschettieri?» domandò re Luigi in tono
severo. «Cosa intendete dire, maestà?»
domandò Tréville.

Re Luigi convocò il signor Tréville…

«Mi è giunta voce che i miei moschettieri non trovino niente di meglio da
fare che battersi con le guardie del cardinale. O mi sbaglio?» continuò il re.
«Sì, maestà… cioè no… ecco…» balbettò Tréville.
«Come immaginavo! Sapete che il cardinale Richelieu è infuriato con voi?»
commentò il re.
«Ma sono state le guardie del cardinale a iniziare» si difese Tréville.
«Piuttosto, raccontatemi un po' com'è andata!» aggiunse il re a cui sfuggì
un sorriso divertito.

Sua maestà volle conoscermi…

Il cardinale Richelieu era
il consigliere del re e anche l'essere
più antipatico di Francia.
Lo stesso Luigi, anche se non lo
ammetteva, certo la pensava così.
Tréville raccontò del nostro duello.
«Ma questo d'Artagnan, chi è?»
domandò il re incuriosito.
«È un cadetto di Guascogna, arrivato
da poco dalla campagna!»
«Voglio assolutamente conoscerlo.
Domani portatelo qui da me!» ordinò
re Luigi.

Mi schierai con i cadetti di Guascogna, sotto lo sguardo fiero dei miei amici...

Il giorno seguente fui convocato.

«Sire, è per me un grande onore essere qui!» dissi emozionato, facendo un profondo inchino.

«E per me è un piacere conoscere un giovanotto coraggioso!» esclamò il re.

«Ora voglio sapere tutto sul duello dell'altro giorno» mi ordinò re Luigi con aria divertita. «Tréville non ha saputo dirmi molto».

Gli narrai dell'impresa al convento dei Carmelitani, mentre lui ascoltava attento. Alla fine si congratulò con me.

Corsi subito dai miei amici per raccontare loro gli ultimi avvenimenti.

«Se sei simpatico al re, diventerai anche tu un moschettiere» disse Athos.

«Però hai un nuovo nemico: il cardinale Richelieu» commentò Aramis.

«Poco male, è anche nemico nostro» aggiunse Porthos. «Non ci resta che andare a festeggiare l'evento con un buon pranzo: non capita tutti i giorni di conoscere un re!» concluse.

«C'è un'altra ragione per cui dobbiamo festeggiare!» esclamò Athos. «Oggi il nostro giovane amico per la prima volta sfilerà con la sua nuova compagnia, e noi saremo in prima fila ad applaudirlo!»

Nel pomeriggio mi schierai con i cadetti di Guascogna, sotto lo sguardo orgoglioso di Athos, Porthos e Aramis.

Quel giorno avevo conosciuto il re, avevo iniziato la carriera militare e in più avevo al mio fianco dei buoni amici.

Che potevo desiderare di più?

82

TUTTI PER UNO, UNO PER TUTTI!

Tornai a casa stanco ma felice.
Avevo affittato un piccolo
appartamento in centro da un
certo signor Bonacieux, che
abitava al piano di sotto insieme
alla moglie Costanza, damigella
della regina. Quel giorno trovai
il signor Bonacieux in lacrime.
«Hanno rapito mia moglie!
Aiutatemi, signore, vi prego!»
esclamò agitato porgendomi

Costanza era stata rapita...

un biglietto, sul quale c'era scritto:
Abbiamo rapito vostra moglie.
Se volete che non le succeda niente
non cercatela o sarà peggio per lei.
«Avete dei sospetti?» domandai.
«Da qualche giorno uno strano tipo
con una cicatrice seguiva mia
moglie...» rispose, ma io lo
interruppi subito. «Un tipo con una
cicatrice? Ho un conto in sospeso
con lui!» mi infiammai.

«L'ho visto qui sotto casa non più di cinque minuti fa» riferì Bonacieux.

«Vi prometto che farò tutto il possibile per vostra moglie!» esclamai con foga mentre mi catapultavo fuori alla ricerca del mio nemico.

Quando tornai a casa era scomparso anche il signor Bonacieux.

«Le guardie del cardinale l'hanno arrestato» mi riferì una vicina.

Sentii una voce femminile…

Andai a dormire, preoccupato. La mattina seguente fui svegliato da alcuni rumori che avevano tutta l'aria di provenire da casa Bonacieux.

Mi sdraiai per terra, avvicinai un orecchio al pavimento e sentii distintamente una voce femminile che urlava: «Lasciatemi in pace o vi faccio vedere io!». Poi non udii più nulla.

Senza pensarci un attimo, mi precipitai giù dalle scale ed entrai in casa Bonacieux: una giovane dama giaceva svenuta su una sedia, circondata da dei tipacci. Allora sguainai la spada, li sfidai e, dopo un breve combattimento, li misi in fuga.

Poco dopo la giovane riprese i sensi.

«Sono Costanza, la moglie di Bonacieux» disse con un filo di voce.

«Ma… non eravate stata rapita?» balbettai confuso. Ero incantato dalla sua bellezza!

«Sono fuggita stanotte. Sono arrivata qui e invece di mio marito c'era quella gentaglia che voi avete messo in fuga. A proposito, come facevate a sapere del mio rapimento? E potete dirmi chi siete, signore?»

Mi presentai: «Sono d'Artagnan, il vostro vicino di casa. Vostro marito è stato arrestato ieri sera. Credo a causa vostra, Costanza. Forse voi conoscete qualche segreto…».

Ella mi implorò: «Ho bisogno del vostro aiuto, d'Artagnan! Si tratta di una questione di vita o di morte. Ne va dell'onore della regina».

Non avrei mai potuto dire di no: si trattava della mia regina. E, oltretutto, una bella damigella in pericolo mi stava chiedendo aiuto!

«Se sarà necessario, farò intervenire anche i miei amici. Sono moschettieri del re» spiegai con orgoglio.

Quella sera andai a casa di Athos, dove trovai anche Porthos e Aramis, e spiegai loro che forse avremmo dovuto fare qualcosa per la regina.

Subito si offrirono di aiutarmi senza fare troppe domande.

Aramis propose di sigillare l'accordo con il giuramento dei moschettieri.

Allora tutti e tre si alzarono, incrociarono le spade e mi chiesero di fare la stessa cosa. «Tutti per uno, uno per tutti!» gridò Athos.

«Tutti per uno, uno per tutti!» ripetemmo con entusiasmo.

Tornai a casa. Stavo camminando, quando vidi due ombre sgattaiolare nel buio.
E una di quelle ombre sembrava proprio Costanza! Era con un personaggio misterioso ed entrambi cercavano di non farsi notare.
Che strano! Ero proprio incuriosito…
Li seguii fino alla loro destinazione: il palazzo reale. Chiamai Costanza, ma lei mi intimò di tacere.

Nel buio notai due ombre…

Poi sussurrò: «Il misterioso signore che avete di fronte è nientemeno che il duca di Buckingham, in visita segreta dalla regina Anna. La regina e Buckingham sono molto amici, anche se il re non ne è troppo contento. Il cardinale Richelieu ci spia: per questo ho chiesto il vostro aiuto, sento che presto succederà qualcosa di terribile…».
«Sono pronto a tutto!» risposi.
Costanza aveva ragione: presto la regina avrebbe avuto bisogno di me.
Infatti (ma lo avrei scoperto molto, molto più tardi) proprio quella sera successe un fatto importante…
Quella sera, dunque, la regina Anna consegnò a Buckingham, come pegno

del suo affetto, un cofanetto con dodici fermagli di brillanti, che re Luigi le aveva regalato per il suo compleanno.
La regina lo fece perché desiderava la pace con l'Inghilterra, ma non sapeva che guai avrebbe causato il suo nobile gesto.
Non poteva immaginare di essere spiata dal cardinale Richelieu, che invece voleva la guerra e aspettava solo un pretesto per scatenarla…

IL CARDINALE RICHELIEU

Il cardinale, informato del dono della regina a Buckingham, era nel suo studio che rifletteva sul da farsi. "Il re tiene in grande considerazione la volontà della regina. È stato lui a regalarle i dodici fermagli e, se venisse a sapere che la regina li ha donati a Buckingham, non avrà più stima di lei. A quel punto seguirà i miei consigli… e sarà guerra! Ora mi servono solo una spia che controlli Costanza e un ladro che rubi i fermagli" mormorò tra sé e sé il cardinale e poi, rivolto alla guardia che stava appena fuori dalla porta, disse: «Fate venire Bonacieux».

«Vostra Eminenza, – disse Bonacieux facendo un profondo inchino – sono innocente. Non so neppure perché sono stato arrestato».

«Caro signor Bonacieux, avete ragione. Siete libero!» gli disse Richelieu con voce mielosa. Poi aggiunse, porgendogli un sacchetto di monete d'oro: «Prendete questo, per il disturbo».

«Grazie, Eminenza, siete davvero generoso» rispose Bonacieux. «Posso fare qualcosa per voi?»

Il cardinale fece entrare Rochefort...

«Se volete, – disse in tono fintamente distratto Richelieu – potreste tenermi informato su vostra moglie Costanza».

«Certo, Eminenza» disse Bonacieux inchinandosi al cardinale.

Richelieu aveva ottenuto ciò che voleva: ora aveva la sua spia.

Salutato Bonacieux, Richelieu fece entrare Rochefort, il suo braccio destro, che aveva una lunga cicatrice sotto l'occhio.

Era lui il mio nemico!

«Ho seguito il duca di Buckingham» disse Rochefort. «Come già sapevamo, ieri sera Costanza Bonacieux lo ha accompagnato dalla regina. Ho atteso Buckingham all'uscita del palazzo reale e l'ho seguito. Si è imbarcato per l'Inghilterra e ho visto con i miei occhi che aveva con sé il cofanetto con i fermagli di brillanti».

«Bravo, Rochefort, ottimo lavoro!» disse il cardinale soddisfatto.

Subito dopo si mise alla scrivania e scrisse una lettera che consegnò a Rochefort. La lettera era per una sua vecchia conoscenza, Milady, e diceva:

Buckingham ha dodici fermagli donatigli dalla regina di Francia, che certo la regina dovrà indossare al ballo di re Luigi. Rubateglilene due e portatemeli. Sarete ricompensata.

Poi gli consegnò una lettera...

Il cardinale parlò al re del ballo...

Milady era astuta ed era un'alleata fedele del cardinale; inoltre era la ladra più abile che si potesse trovare in giro. Quando finalmente ebbe tra le mani i due fermagli di brillanti rubati da Milady al duca di Buckingham, Richelieu decise di passare alla seconda fase del suo piano.

Andò dal re e gli propose: «Sire, che ne direste di organizzare un ballo? La regina ne sarebbe contenta!».

«Mi sembra un'ottima idea!» esclamò re Luigi. «È da tempo che non si fanno feste a palazzo!»

Il cardinale poi suggerì al re: «Potreste sfoggiare la nuova corona e quell'abito… e la regina potrebbe indossare i dodici fermagli di brillanti che voi le avete regalato per il suo compleanno!».

Il re rispose entusiasta: gli sembrava davvero una bella iniziativa.

Richelieu era soddisfatto: tutto procedeva secondo i suoi piani.

«Vi piacerebbe se organizzassimo una grande festa?» esordì re Luigi quando fu in presenza della moglie.

«Certamente!» disse la regina Anna con entusiasmo.

«Poiché so quanto amate ballare, ho pensato di farvi una cosa gradita…» continuò il re.

«Che pensiero gentile!» esclamò lei.

«Vorrei che foste la più bella di tutte le dame e mi piacerebbe vedere come vi stanno i dodici fermagli che vi ho regalato. Potreste indossarli per me?»

«Volentieri, sire» rispose la regina.

Re Luigi non si accorse che era diventata pallida come un fantasma.

E il re informò la regina...

Anna diede la lettera a Costanza...

Costanza litigò con Bonacieux...

Poi chiese aiuto a me!

"Come ho potuto donare i fermagli al duca?" pensò la regina. "Devo recuperarli. Scommetto che l'idea dei fermagli è stata suggerita al re da quel malvagio di Richelieu, che vuole a tutti i costi rovinarmi…"

«Conosco qualcuno che vi è fedele, mia sovrana, e che rischierebbe la vita per aiutarvi» disse Costanza, dopo che il re se ne fu andato. «D'Artagnan e i suoi amici moschettieri sono pronti a tutto per voi».

A quel punto la regina Anna si sedette e scrisse una lettera:

> *Duca di Buckingham,*
> *consegnate i fermagli a chi*
> *vi presenta questa lettera.*
> *È una questione di vita o di morte.*

Piegò il foglio, lo chiuse col sigillo reale e lo consegnò a Costanza.

«Di' ai tuoi amici di andare a Londra dal duca. E di guardarsi dal cardinale» le raccomandò la regina.

Costanza corse a casa e chiese un prestito al marito, ma lui rifiutò.

«Per favore, è per aiutare la regina. I soldi mi servono per andare a Londra!» lo supplicò Costanza.

«Non m'importa della regina, io sono fedele al mio nuovo benefattore, il cardinale Richelieu» tagliò corto Bonacieux. E uscì di casa sbattendo rumorosamente la porta.

Io vidi tutta la scena: avevo fatto un buco nel pavimento per spiare cosa

Io e Costanza li sorvegliammo...

accadeva nell'appartamento sotto il mio.

Quando scesi da Costanza, lei mi chiese di aiutarla. Aprì la cassaforte del marito, prese un sacchetto di monete d'oro e me lo consegnò. In quel momento si udì un rumore di passi.

«Presto, rifugiamoci nel mio appartamento!» suggerii.

Mentre salivamo le scale, Bonacieux e un tipo avvolto in un mantello nero entrarono in casa.

Io e Costanza li sorvegliammo dal buco nel pavimento di casa mia.

«Costanza voleva del denaro, parlava di andare a Londra per svolgere un incarico per la regina!» spiegò Bonacieux.

«Interessante!» esclamò pensoso il misterioso interlocutore.

In quel momento lo riconobbi: era il tipo con la cicatrice! Ormai lo incontravo ovunque! Avrei voluto dargli una lezione, ma non c'era tempo. Dovevo correre dai miei amici e partire subito per l'Inghilterra.

Bonacieux spiegò tutto al tipo con la cicatrice...

VERSO LONDRA

Mi precipitai a casa di Athos, dove come al solito trovai Porthos e Aramis.
«Presto, dobbiamo partire!» dissi ai miei amici.
«E per dove?» chiese Athos. «Quando?» gli fece eco Aramis. «Perché?
Non è un po' tardi?» commentò pigramente Porthos.
«Partiamo per Londra, subito: è in gioco l'onore della regina!»
«L'onore della regina? Allora non c'è un attimo da perdere!» disse
Athos scattando in piedi. «Ci vediamo qui sotto tra mezz'ora!»
Cavalcammo tutta la notte, diretti al canale della Manica.
«Ho fame!» esclamò Porthos dopo ore di cavalcata.
«Io invece ho sete. Perché non ci fermiamo laggiù? Mi sembra
di vedere l'insegna di una locanda» disse Athos indicando una

*Partimmo al galoppo
per Londra...*

Porthos sfidò un tipo a duello...   *Aramis fu ferito...*   *Athos affrontò i nemici...*

costruzione in mezzo alla campagna. Dopo un buon pranzo, stavamo per ritornare ai cavalli quando un tale si rivolse a Porthos dicendo: «Ehi, tu, grassone, attento a non sfondare il pavimento!».
«Ho sentito bene? Prova a ripetere ciò che hai detto!» lo sfidò Porthos.
Quello sembrava non aspettare altro. Anzi, sembrava proprio che qualcuno l'avesse spedito lì apposta per provocare il mio amico.
Porthos ci invitò ad andare avanti senza di lui: «Non aspettatemi, vi raggiungo dopo il duello!».
Non avevamo tempo da perdere e così ripartimmo.
Eravamo già vicini a Calais, il porto dove si prendeva il traghetto per l'Inghilterra, quando fummo vittime di un'imboscata.
Mentre si batteva con coraggio, Aramis venne ferito da un colpo di moschetto. Athos scese da cavallo e iniziò a combattere contro i nemici.
A quel punto ero certo che qualcuno volesse impedirci di arrivare a Londra...
Athos mi gridò: «Non pensare a me. Devi arrivare a Londra al più presto. Va'!». Così spronai il cavallo e partii.
Arrivato al porto di Calais, mentre mi imbarcavo riconobbi la bellissima dama che avevo già incontrato a Meung, in compagnia del tipo con la cicatrice.
La dama stava scendendo da una nave inglese, ma non feci in tempo a raggiungerla.
Partii, e per tutto il viaggio mi augurai che i miei amici fossero sani e salvi.

93

Una volta sbarcato, cercai la residenza del duca di Buckingham. Scoprii che si trattava di un meraviglioso palazzo. Il duca era uno degli uomini più importanti d'Inghilterra, nonché il primo consigliere del re. Aveva più o meno la stessa carica di Richelieu, ma era molto, molto più simpatico.

«Cosa desiderate, signore?» mi chiese il maggiordomo che venne ad aprire.

«Ho necessità di vedere il duca di Buckingham» risposi.

«Il duca non riceve» replicò lui.

«Si tratta di una questione di vita o di morte!» insistetti io e, porgendogli la lettera, aggiunsi: «Consegnategli questa». Il maggiordomo si allontanò e, poco dopo, vidi il duca correre verso di me. Buckingham mi disse gentilmente: «Seguitemi, vi prego. Vi consegno subito i fermagli». Poi mi condusse nel suo studio e prese un cofanetto.

Lo aprì, ne controllò il contenuto e...

«Ma qui mancano due fermagli!» esclamò stupito.

«Com'è possibile? Li avete persi? O credete che ve li abbiano rubati?» chiesi.

«Me li hanno rubati!» disse Buckingham. «Vedete, il nastro è tagliato con le forbici. So anche chi è stato: Milady, su ordine di Richelieu. Vuole rovinare la regina!» spiegò il duca. Buckingham rifletté, poi concluse: «Chiamerò il gioielliere del re!».

Il duca mi condusse nel suo studio...

94

Disse al maggiordomo
di andare subito a prenderlo
e di condurlo a palazzo il più
presto possibile.

Quando infine il gioielliere
arrivò, il duca gli mostrò
i dieci fermagli e gli chiese
di confezionarne due
perfettamente identici agli
altri. L'orafo si mise subito
all'opera.

Lavorò tutta la notte e la
mattina seguente ci mostrò
i dodici fermagli, sfidandoci

Il nastro era stato tagliato...

a distinguere gli originali da quelli che aveva cesellato con le sue mani.
«Incredibile, sono perfetti! Bravissimo!» fu il commento di Buckingham,
che poi, rivolto a me, disse: «Tenete, d'Artagnan, ve li affido. Correte dalla
regina. E grazie per tutto ciò che avete fatto!».
Salutai il duca, presi il cofanetto e partii al galoppo. Destinazione: Parigi!

L'orafo lavorò tutta la notte per finire i fermagli...

IL GRAN BALLO

Dopo alcuni giorni giunsi a Parigi. Quando entrai in città, c'era un gran traffico di carrozze: era la sera del gran ballo a palazzo reale.
"Speriamo che il ricevimento non sia ancora iniziato!" mi augurai mentre a tutta velocità mi dirigevo a palazzo.

Finalmente giunsi a Parigi!

Arrivai finalmente all'uscita secondaria dove avevo appuntamento con Costanza e la trovai che camminava nervosamente avanti e indietro.
Appena mi vide mi corse incontro.
«D'Artagnan, per fortuna sei arrivato! Hai con te i fermagli?» mi domandò con ansia. «Eccoli!» risposi con orgoglio porgendole il cofanetto.
«Sei un eroe!» esclamò abbracciandomi. Non me la ricordavo così bella e, per l'emozione, arrossii. Costanza corse dalla sovrana.
La regina Anna era nella sua camera in preda all'agitazione: doveva presentarsi alla festa e ancora non aveva i suoi fermagli. Cosa avrebbe fatto?
«Maestà, maestà, d'Artagnan è arrivato! Ecco i gioielli!» disse Costanza irrompendo nella stanza.

Il cardinale si recò dal re...

«Grazie al cielo! I miei nemici non l'avranno vinta!» esclamò la regina sollevata.
Ora poteva andare al ballo.
Nel frattempo Richelieu metteva in atto il suo piano.
Si recò da re Luigi con un cofanetto misterioso… che conteneva i due fermagli di brillanti della regina, quelli che l'astuta Milady aveva rubato a Buckingham!

La regina entrò trionfante nella sala da ballo…

«Maestà, mi dispiace, ma devo dirvelo… questi fermagli sono stati donati dalla regina a Buckingham. Forse ella ama l'Inghilterra più della Francia… forse è più legata a Buckingham che a voi…» insinuò il cardinale.

«Com'è possibile? Non ci credo!» disse il re, che era geloso dell'amicizia tra la regina e Buckingham.

«E allora come mai la regina non è ancora arrivata alla festa? Forse… forse perché non ha i fermagli che voi le avete chiesto di indossare stasera?»

Re Luigi era molto arrabbiato quando la regina fece il suo ingresso nella sala. Sul suo abito brillavano i famosi fermagli.

«Ebbene, cardinale, mi sembra che la regina li indossi sul suo vestito» disse il re con un sorriso sornione.

«Contateli. Sono proprio dodici?» chiese Richelieu.

Il re si avvicinò alla regina.

«Siete splendida, stasera!» disse, cercando di contare velocemente i fermagli.

In quel momento però fu annunciato l'inizio delle danze.

Finito il primo ballo, Richelieu si avvicinò di nuovo al re con i fermagli e sussurrò: «Andate dalla regina e mostratele questi! Vedremo che cosa dirà!».

Il re, a malincuore, si avvicinò alla regina e le disse: «Mia signora, non vi mancano forse questi fermagli?»

La regina Anna li fissò: «Fermagli?».

97

«Ma come, maestà, non ne avete forse solo dieci?» finse di stupirsi Richelieu.
«Ma che dite? Contate bene. Ecco: sono dodici!» ribatté la regina Anna con sicurezza.
Il re contò i fermagli e gridò: «Cardinale!».
Richelieu arrossì.
«Ehm… questi due fermagli sono un mio omaggio personale per la regina…»
Allora la sovrana disse sorridendo: «Sarò felice di indossare questi due nuovi fermagli insieme agli altri!». Poi se ne andò trionfante.

«D'Artagnan!» sentii bisbigliare da dietro una colonna mentre mi godevo la scena.
Era Costanza, che mi condusse dalla regina.
«Mi avete salvato, d'Artagnan! Grazie!»
Ero stanco per il lungo viaggio, ma orgoglioso dell'impresa compiuta.
La mattina seguente, come avevo stabilito, partii alla ricerca dei miei amici…

La regina appariva sicura di sé, il cardinale molto imbarazzato…

La perfida Milady

Ripercorsi la strada per Calais e incontrai Athos, Porthos e Aramis.
Erano stati tutti feriti durante il nostro viaggio verso l'Inghilterra, ma
quando ci ritrovammo stavano già bene, così tornammo a Parigi insieme.
L'unico mio dispiacere era che non avevo più incontrato Costanza:
sembrava scomparsa nel nulla. Forse era impegnata con la regina o forse
non voleva vedermi. Ahimè, non sapevo che il cardinale per vendicarsi
dell'affare dei fermagli l'aveva fatta rinchiudere in un convento!

Un giorno, mentre passeggiavo
a cavallo per la città, vidi sporgersi
dal finestrino di una carrozza la
dama che avevo intravisto a Meung
e a Calais.
"Se riesco a parlare con lei" mi dissi
"forse scoprirò l'identità del mio
nemico con la cicatrice!".
Così decisi di seguirla. Avevo
il sospetto che c'entrasse qualcosa
con la faccenda dei fermagli.
La vidi discutere con un cavaliere
che alzava la voce. Mi avvicinai.
«Non vedete che date fastidio alla
signora?» gli chiesi.

«Di cosa vi impicciate voi?» reagì lui con violenza.
«Lasciate in pace questa dama o dovrete vedervela con me!» ribadii.
«D'accordo, ci vediamo a mezzogiorno al convento dei Carmelitani» tagliò
corto lui. Poi mi voltò le spalle e se ne andò. La dama si rivolse a me.
«Signore, vi ringrazio molto dell'aiuto, ma non dovevate. Quel cavaliere è

Incontrai di nuovo Milady…

mio cognato, il conte di Winter» mi spiegò lei con voce dolce. «E io sono lady Clarick, ma tutti mi chiamano Milady».
Era inglese, ma parlava un francese perfetto.
«Sono d'Artagnan, cadetto di Guascogna» mi presentai.
Il duello con il cognato di Milady durò pochissimo.
Riuscii a vincere senza alcuna fatica e senza fare del male al mio avversario, che infatti mi invitò a casa sua per cena.
Lì incontrai di nuovo Milady, che mi accolse con grande gioia: «Caro d'Artagnan, è un piacere rivedervi!».
Mi trovò tanto simpatico che mi invitò anche il giorno seguente.
Rimasi con lei a chiacchierare per l'intero pomeriggio. Ero certo che Milady conoscesse il cardinale Richelieu… Ora dovevo solo capire se lei sapeva chi fossi io. E non mi ci volle molto per scoprirlo.
Una sera, dopo essere stato a cena da lei, invece di andarmene mi nascosi nel suo guardaroba e spiai dal buco della serratura.
Credendo che me ne fossi andato, Milady cominciò: «Ti odio, d'Artagnan! Mi hai fatto fare la peggior figura della mia vita.

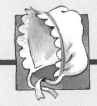

Il cardinale non crede che abbia
rubato i fermagli a Buckingham
e non si fida più di me. È tutta
colpa tua! Te la farò pagare
cara!».
Poi si sfilò il vestito per mettersi
la camicia da notte e vidi qualcosa
di terribile: aveva un giglio tatuato
sulla spalla… il marchio dei ladri!
«Allora sei una finta dama,
ma una ladra vera!» gridai.
Milady aprì la porta dietro la
quale mi nascondevo e gridò: «Tu!». E poi:
«Guardie, aiuto, c'è un intruso nella mia stanza!».
Cosa potevo fare?
Presi a caso un vestito, un mantello e una cuffia e li indossai sopra
la divisa: come travestimento non era granché, ma era sempre meglio
di niente. Con un balzo mi gettai giù dal balcone, per sfuggire alle guardie
di Milady.
«Quella signora con la cuffia è d'Artagnan travestito!» gridò Milady
dal balcone.
   Mi misi a correre come un pazzo per le vie di Parigi e solo con grande
   fatica riuscii a seminare i miei aguerriti inseguitori.

«Aiuto! C'è un intruso!» gridò Milady.

I PREPARATIVI PER LA BATTAGLIA

Arrivò un sarto ad aiutarci con le divise...

Arrivai trafelato a casa di Athos, dove trovai Porthos e Aramis.

«Ma cosa ci fai vestito a quel modo?» rise Porthos. «Sei ridicolo!» aggiunse Aramis.

«È così che vuoi andare in guerra?» si stupì Athos.

«Guerra? Quale guerra?» domandai.

«Ma come, non sai che stiamo partendo tutti per La Rochelle?» disse Athos.

«La patria ci chiama, dobbiamo difendere l'onore del re e della Francia!» concluse Aramis solenne.

«Togliti la gonna, d'Artagnan e prova una di queste divise!» disse Athos.

Con l'aiuto di un sarto riuscimmo a sistemarci per bene.

Indossata l'uniforme, Athos propose di ripetere il nostro giuramento.

Allora incrociammo le spade e gridammo in coro: «Tutti per uno, uno per tutti!».

Poi partimmo al galoppo per La Rochelle.

Giunti all'accampamento, ci unimmo al resto dell'esercito francese e ci preparammo a un grande evento: il re avrebbe passato in rassegna le truppe.

Dopo che re Luigi ebbe sfilato davanti al suo esercito schierato, scavammo le trincee e mettemmo i cannoni in posizione. Il tutto sotto lo sguardo attento del comandante in capo: il cardinale Richelieu.

Era la mia prima occasione di farmi valere in battaglia e non vedevo l'ora di coprirmi di gloria. Fu per questo che l'indomani accettai di andare, insieme ad altri due soldati, in avanscoperta vicino alle mura della città assediata.

Ma presto scoprii che i due avevano un solo scopo: sbarazzarsi di me.

Per fortuna me ne accorsi in tempo e, mentre stavano per colpirmi a tradimento, li gettai a terra con una mossa fulminea.

«Allora, chi vi manda?» domandai in tono minaccioso.

«Ehm… nessuno…» balbettò uno dei due.

«Ti ho chiesto chi ti manda!» ribadii passandogli sotto il naso la lama affilata della mia spada.

«Una signora molto bella. Non so chi sia, ma tutti la chiamano Milady» disse il tipo con un filo di voce. «Sparite!» gridai.

"Sempre lei…" pensai tra me e me mentre tornavo indietro.

Giunto alla mia tenda, trovai Athos, Porthos e Aramis e raccontai loro ciò che mi era successo.

«Dobbiamo fermare Milady!» disse Athos preoccupato.

«Prima che sia troppo tardi…» aggiunse Aramis.

Il re sfilò davanti alle truppe…

LA LETTERA PERICOLOSA

Pochi giorni dopo, io e i miei amici incontrammo il cardinale in una locanda. Si trovava al piano superiore e Athos, passando davanti al tubo di una stufa, sentì la sua voce. Ascoltammo attentamente.

«Milady, – stava dicendo il cardinale – voi dovete fare in modo che il duca di Buckingham non rappresenti più un pericolo per me».

Milady parve riflettere. «Accetto, purché in cambio voi mettiate in prigione d'Artagnan. E poi voglio che Costanza Bonacieux non esca più dal convento dove l'avete fatta rinchiudere!» sibilò Milady.

«D'accordo» tagliò corto lui. Poi le consegnò una lettera su cui c'era scritto:

Qualsiasi cosa abbia fatto il possessore di questa lettera,
l'ha fatta per il bene della Francia. Firmato: il cardinale Richelieu.

«Grazie, Eminenza. Questo foglio mi sarà molto utile» mormorò Milady. Eravamo preoccupati. «Quella lettera è pericolosa! Ora Milady potrà fare tutto ciò che vuole!» disse Aramis. «Dobbiamo mettere le mani su quella lettera!» osservò Porthos.

«Ci penso io!» disse Athos.

Uscì dalla stanza, passò vicino a Milady e, senza che lei se ne accorgesse, le sottrasse la lettera.

Salimmo su un bastione nemico...

La mattina dopo i miei amici mi svegliarono.
«Dobbiamo parlarti!» dissero. «Ma abbiamo bisogno di un luogo appartato, dove nessun orecchio indiscreto possa sentirci».
Decidemmo di andare a fare colazione su un bastione nemico, dove eravamo certi che nessuno ci avrebbe seguiti. Certo, la faccenda era pericolosa perché la zona era occupata dai nemici, che, appena ci videro, cominciarono a spararci addosso.
«Non si riesce mai a mangiare in pace!» si lamentò Porthos. «E non si riesce a discutere! C'è troppa gente!» osservò Aramis. «L'unica soluzione è parlare mentre si combatte!» suggerì Athos imbracciando il fucile.
Così, tra un attacco nemico e l'altro, discutemmo degli avvenimenti, riuscimmo a finire il pranzo e anche a decidere sul da farsi.
Tornammo all'accampamento dopo aver sgominato gli avversari.
All'arrivo ci accolsero le grida festose dei nostri compagni: eravamo diventati degli eroi.
Ma io ci feci poco caso, perché erano ben altre le mie preoccupazioni!

MOSCHETTIERE DEL RE

Inviammo due lettere...

Io e i miei amici ci consultammo.

La cosa più importante era avvertire tutti i nostri amici delle notizie segrete e importanti di cui avevano parlato il cardinale e Milady.

Avevamo deciso di scrivere due lettere.

La prima era per la regina Anna: le chiedevamo di guardarsi dagli intrighi del cardinale e le rivelavamo uno per uno tutti i suoi ultimi piani.

La seconda era per Buckingham: gli raccomandavamo di stare attento alle pericolose spie del cardinale, le stesse che lo avevano derubato dei fermagli.

Così, grazie ai nostri avvertimenti, il cardinale non poté più realizzare i suoi perfidi piani.

Ma mi aspettava una sorpresa.

Un giorno l'uomo con la cicatrice, Rochefort, mi venne a cercare alla locanda dove stavo pranzando con i miei amici moschettieri.

Appena lo vidi, stavo per aggredirlo.

Volevo fargliela pagare una volta per tutte, ma non potei: lui mi disse sogghignando che era in missione ufficiale: era stato incaricato dal cardinale di condurmi da lui. Disarmato, naturalmente!

Fui costretto a recarmi da Richelieu, che mi accusò di aver commesso tutta una serie di reati per i quali io e i miei amici avremmo pagato con la vita.

«Vi farò condannare come spie!» mormorò il cardinale, in tono minaccioso.

«Questa è la vostra fine!»

Io tremavo dalla paura, ma poi, in un lampo, ricordai di avere con me la lettera… la lettera scritta da Richelieu, che avevamo sottratto a Milady!
Porsi la lettera al cardinale e dissi: «Leggete, signore: questa lettera, da voi stesso firmata, autorizza chi la porta con sé a compiere qualsiasi azione, per il bene della Francia!».
Il cardinale impallidì e non trovò le parole per ribattere. Avevo vinto!
La lettera ci aveva salvato!

Richelieu inviò Rochefort a cercarmi…

Richelieu parve riflettere, poi mi guardò con uno sguardo non più minaccioso, anzi, quasi di rispetto. Scrisse alcune parole su un foglio e me lo porse. Non volevo credere ai miei occhi: ero stato nominato moschettiere, anzi, luogotenente dei moschettieri!
«Grazie, Eminenza!» riuscii solo a balbettare, confuso ma felice.
Poi corsi dai miei amici, per dar loro la buona notizia.
«Sei contento, d'Artagnan? Ora sei dei nostri!» esclamò Porthos soddisfatto.
«Te lo sei proprio meritato, amico mio!» disse Athos con orgoglio.

«Evviva d'Artagnan! Evviva i moschettieri!» gridò Aramis felice.
Il giorno successivo il signor Tréville mi consegnò la nuova divisa da moschettiere.
Ero tanto emozionato che feci una gran fatica a non lasciarmi sfuggire neppure una lacrima!
"Un moschettiere non deve piangere!" pensai mentre indossavo la casacca.

Me la sistemai sulle spalle, mi girai verso i miei più cari amici e… vidi che tutti si asciugavano gli occhi con il fazzoletto.

"Allora non è vero che un moschettiere non può piangere: forse semplicemente non deve vergognarsi di piangere!" pensai.

Uscii con Athos, Porthos e Aramis per festeggiare tutti insieme il grande avvenimento.

Chi l'avrebbe detto che sarebbe andata a finire così, quando ero partito da casa mia… quante avventure, quante peripezie, quanti pericoli, ma anche quante soddisfazioni! Ero felice, assolutamente felice!

FINE

IL GIRO DEL MONDO IN 80 GIORNI

LA SCOMMESSA

Phileas Fogg viveva in un bel palazzo
nel centro di Londra, la città dov'era nato
e cresciuto. Era sempre rimasto lì e non
aveva mai pensato di allontanarsi da casa,
neppure per una gita o un breve viaggio.
Ogni giorno andava al Reform Club
e trascorreva lì tutto il tempo, leggendo
il giornale o giocando a carte con gli altri soci.
Il signor Fogg era il gentiluomo più
calmo del mondo: nessuno l'aveva mai
visto nervoso o arrabbiato.
Non aveva moglie né figli.
Non invitava mai ospiti a cena e non
organizzava feste né viaggi.
Insomma, lavorare per lui poteva essere
una vera pacchia!
Quando suonai alla porta di casa Fogg,
il mio futuro datore di lavoro stava
leggendo il giornale in poltrona.

109

Fogg e i suoi compagni di gioco discutevano animatamente...

«Signor Fogg, – iniziai – sono qui per il posto di maggiordomo. Il mio nome è Jean, ma tutti mi chiamano Passepartout...».

«Bene, è assunto!» disse lui interrompendomi. «Ora la devo salutare, mi aspettano al Club. Sono felice di averla come mio collaboratore» aggiunse prima di uscire. Devo dire che il signor Fogg mi fu subito simpatico, anche se era un tipo che parlava poco. Ero certo di essergli piaciuto anch'io.

Al circolo Fogg trovò gli abituali compagni di gioco: l'ingegnere Andrew Stuart, i banchieri John Sullivan, Samuel Fallentin e Thomas Flanagan. Stavano tempestando di domande Gauthier Ralph, amministratore della Banca d'Inghilterra, sul grosso furto che era avvenuto proprio la sera prima.

«Pare che il ladro non sia un malvivente vero e proprio, ma un gentiluomo che aveva... ehm, bisogno di un po' di spiccioli!» disse Flanagan.

«Una montagna di spiccioli, vorrai dire!» intervenne Sullivan.

Infatti era stata rubata una gran bella somma.

«Non credo riuscirete a trovarlo» commentò Stuart.

«La Terra è grande. Chissà dove sarà ora...» continuò Stuart.

«Il mondo non è poi così immenso. Un tempo, forse. Ma ora le cose sono cambiate!» disse Fogg pensieroso.

«Che dici? Che il mondo si è rimpicciolito?» commentò Flanagan stupito.

110

«Dico semplicemente, Samuel, che il mondo non è più così grande come sembrava un tempo».

«Phileas ha ragione» confermò Sullivan. «Ho letto non so dove che per fare un giro completo del mondo sono sufficienti 80 giorni».

A quel punto tutti scoppiarono in una gran risata ed esclamarono: «È impossibile!».

«Io ce la potrei fare» commentò Fogg.

«Scommetto cinquemila sterline che non ce la farai!» disse Flanagan.

«E io ne scommetto ventimila che ci riuscirò! Il treno per Dover parte stasera alle otto e quarantacinque. Lo prenderò» disse Fogg. «Ma ora, signori, dobbiamo finire la nostra partita».

Gli amici del Club erano stupiti, ma non si tirarono indietro di fronte alla sfida: tutti parteciparono alla scommessa.

Poco prima delle otto Fogg arrivò a casa. Mi chiamò e mi chiese di preparargli la valigia: «Tra dieci minuti dobbiamo essere alla stazione. Partiamo per la Francia! Faremo il giro del mondo in 80 giorni!».

Fu un miracolo se non svenni per la sorpresa.

"Ma guarda" pensai "e io che ero convinto di aver finito di viaggiare!"

Prima di uscire, il signor Fogg mi diede un bel po' di soldi e mi disse: «Questo è il necessario per il viaggio».

Era una cifra enorme e il pensiero di dover andare in giro con tutto quel denaro mi fece venire la tremarella.

Fogg arrivò a casa...

Gli preparai la valigia...

Mi diede un bel po' di soldi...

LA PARTENZA

Raggiungemmo la stazione
in carrozza: era già molto tardi
e rischiavamo di perdere il treno.
«Dobbiamo sbrigarci, signore!»
lo esortai sempre più ansioso
vedendolo fermarsi davanti a una
poveretta che chiedeva l'elemosina.
«Tenga, signora!» disse Fogg
porgendole una banconota. «Sono
felice di averla incontrata!»
Si inchinò amabilmente e poi si
diresse a grandi passi verso la
stazione, dicendomi di fare in fretta.
Io lo seguii, ancora commosso per la
scena a cui avevo appena assistito.
Ero contento che il mio nuovo datore
di lavoro fosse un tipo generoso!
Alla stazione c'era la solita folla che
spintonava e correva su e giù dai
treni. Raggiungemmo il nostro
binario, dove ci aspettavano gli
amici del Reform Club.
«Buon viaggio. E mi raccomando,
devi essere di ritorno…» dissero a
Fogg mentre il treno partiva.
«Entro ottanta giorni, lo so bene.
Ci vediamo sabato 21 dicembre

112

1872. Alle nove meno un quarto»
confermò il signor Fogg.
Era il 2 ottobre. Una settimana dopo
il piroscafo su cui viaggiavamo attraccò
a Suez, in Egitto. Sulla banchina del
porto ci aspettavano l'addetto della
nostra ambasciata e l'agente Fix, uno
dei detective che stavano indagando
sul furto alla Banca d'Inghilterra.
Perché aspettavano proprio noi?
Solo più tardi avrei scoperto che il
nostro viaggio ci aveva reso famosi.
La polizia inglese era convinta che
Phileas Fogg fosse l'autore del furto
e pensava che la scommessa fosse un
trucco per fuggire dall'Inghilterra.
L'agente Fix voleva fermare Phileas
Fogg, ma allora né io né Fogg eravamo
a conoscenza dei suoi piani. Anzi, per la
verità non sapevamo neppure chi fosse.
Fu per raccogliere indizi contro il mio
capo che Fix mi seguì fino al bazar,
dove ero andato a fare un po' di
compere. Fu lì che lo conobbi.
Si dimostrò molto cortese ed io,
credendo di aver trovato un amico,
ingenuamente gli raccontai i particolari
del nostro viaggio e della grossa somma
di denaro che portavo con me. «Ora mi
scusi, ma devo tornare a bordo: il signor
Fogg mi aspetta» dissi infine a Fix.
Il *Mongolia* stava per salpare verso
l'Oriente. Solo più tardi mi accorsi che
la mia nuova conoscenza mi aveva
seguito sulla nave.

ROTTA PER L'ORIENTE

Così il *Mongolia* fece rotta per l'India con un nuovo passeggero a bordo: l'agente Fix. Il signor Fogg era un tipo di poche parole e sembrava non interessarsi minimamente a tutte le cose nuove e meravigliose che si offrivano ai nostri occhi. Passava il tempo chiuso nella sua stanza o nel salone principale a giocare a carte con gli altri viaggiatori.
Io e Fix facevamo delle gran chiacchierate… Mi arrabbio ancora quando penso a come riuscì a imbrogliarmi!
Alla fine il *Mongolia* attraccò a Bombay, la nostra destinazione.
Io scesi dalla nave e andai a fare acquisti per il viaggio. Mentre passeggiavo vidi uno splendido tempio indù e pensai che forse potevo dare un'occhiata

Alla fine il Mongolia attraccò a Bombay, la nostra destinazione.

Venni aggredito da tre tipacci grandi, grossi e piuttosto arrabbiati...

all'interno; così entrai, senza sapere che in alcuni templi è vietato l'ingresso
a chi non è induista. Subito venni aggredito da tre tipacci grandi, grossi
e piuttosto arrabbiati.

"Accidenti! Devo fare qualcosa!" pensai.

Raccolte le poche forze che mi restavano, riuscii a fuggire e mi precipitai
alla stazione, dove mi aspettava il signor Fogg.

Riuscimmo per un pelo a salire sul treno per Calcutta.

Poche carrozze più avanti, senza farsi notare, era salito anche Fix...

Durante il viaggio Fogg parlò a lungo con Sir Francis Cromarty, un signore
molto distinto che viaggiava insieme a noi, mentre io cercavo
di riprendermi dalla brutta avventura.

Dopo un giorno di viaggio, il treno si fermò bruscamente.

Cromarty scese a dare un'occhiata e... «Sono finiti i binari!» annunciò.

«Ah sì?» disse il signor Fogg senza scomporsi. Si allontanò e pochi minuti
dopo ricomparve con un nuovo mezzo di trasporto... un elefante!

«Andiamo, Passepartout!» disse invitandomi a salire.

Poi offrì un passaggio a Cromarty, che accettò volentieri.

Quella sera ci accampammo nella foresta: intorno a noi non si vedeva anima
viva.

A un tratto dal nulla spuntarono dei tipi vestiti con abiti sfarzosi.

Si trattava di una processione in grande stile. Dietro a un carro camminava una giovane bellissima, sorretta da alcune guardie armate.

«Ma che succede?» chiesi stupito.

«È una cerimonia funebre in onore del rajà del Bundelkhand. Il suo corpo verrà bruciato su una pira. La giovane che vedete è la sua sposa; secondo un'antica tradizione indiana verrà bruciata con lui» disse Cromarty.

«Poveretta!» mormorai. «Davvero verrà bruciata viva?»

«Bisogna fare qualcosa!» sbottò Fogg. Sotto in nostri occhi stupefatti la vittima venne fatta sedere su un mucchio di legna. Poi alcuni dei presenti con delle fiaccole diedero fuoco alla legna, che iniziò lentamente a bruciare.

«Non c'è tempo da perdere!» gridò Cromarty. «Bisogna agire subito!» Ci avvicinammo di nascosto.

«Io vado! O sarà troppo tardi!» disse Fogg, impaziente di portare via la povera giovane.

«È troppo rischioso!» intervenne Cromarty trattenendolo per un braccio. «Quella gente sembra agitata. Credimi,

... Fogg offrì un passaggio a Cromarty, che accettò volentieri.

116

si arrabbierà molto se ti metti in mezzo a questa faccenda!»

«Mi è venuta un'idea!» li interruppi io.

«Ma… cosa…?» chiese Fogg con aria interrogativa.

«Si fida di me?» domandai.

Lui annuì.

«Allora mi lasci fare!» conclusi e scomparii dietro a un cespuglio. Improvvisai un turbante con la camicia e attesi che la pira fosse avvolta nel fumo, poi senza esitare saltai nel fuoco e sollevai la giovane che, nel frattempo, per via del gran caldo, era svenuta. Camminai sulla catasta di legna tenendola tra le braccia e, con grande meraviglia di tutti, la condussi via in una scia di fumo.

I presenti mi fissavano con occhi sgranati, come se avessero visto un fantasma.

Sperai che rimanessero immobili ancora per qualche minuto, in modo da dare a me e agli altri il tempo di fuggire.

Mi avvicinai ai miei amici e bisbigliai: «Scappiamo, presto!».

«Sì, è meglio andare – intervenne tranquillamente Fogg – prima che si accorgano di quello che è successo. Seguitemi, signori!».

Si trattava di una processione in grande stile…

117

Io e Cromarty non ce lo facemmo ripetere due volte e, in tutta fretta, percorremmo il sentiero che ci riportò al nostro accampamento.
Salimmo sull'elefante e ci allontanammo a tutta velocità, portando con noi un prezioso carico: la bellissima giovane che avevamo salvato.
«Sei stato incredibile!» fu il commento di Cromarty.
«Bravo! Ho fatto bene a fidarmi di te!» si congratulò il signor Fogg.
Modestamente mi ero comportato da eroe…

I presenti mi fissavano con occhi sgranati, come se avessero visto un fantasma…

118

In arresto!

Il giorno seguente incontrammo di nuovo le rotaie e lasciammo l'elefante per salire sul treno. La dama che avevamo salvato, Auda, era una compagna di viaggio davvero deliziosa e con lei il tragitto sembrò più breve. Alla stazione di Calcutta ci venne incontro un tale in divisa.
«Signor Phileas Fogg?» chiese al mio principale e poi, indicando me: «Passepartout?».

Be', insomma, era venuto ad arrestarci. Il motivo?
Ancora per quella storia del tempio! Incredibile!
Non solo mi avevano aggredito, ma, non contenti, quei tre tipi avevano anche denunciato me e il signor Fogg.

Non potevamo sapere che quella faccenda era un'idea di Fix, che voleva trattenere Fogg un paio di giorni: giusto il tempo di ricevere dall'Inghilterra il mandato per poterlo arrestare.

Una volta davanti al giudice (c'erano anche quei tre del tempio) il signor Fogg chiese scusa a mio nome e domandò quant'era la cauzione.

Si trattava di un bel po' di soldi, ma lui pagò senza battere ciglio.

Con il loro risciò mi diedero uno strappo in centro...

Dopo poche ore eravamo sul piroscafo diretto a Hong Kong.

Durante il viaggio facemmo una breve tappa a Singapore, per fare rifornimento di carbone, e poi proseguimmo senza inconvenienti fino a Hong Kong.

Scesi dalla nave andammo subito in albergo, poi Fogg accompagnò Auda a fare il giro della città e, con il loro risciò, mi diedero uno strappo in centro, dove avevo un po' di faccende da sbrigare.

«Quando hai finito, torna in albergo: saremo lì ad aspettarti» disse Fogg mentre mi allontanavo. Singapore era una città davvero affollata, piena di case, di negozi e di cose interessanti da vedere. Potevo prendermela comoda e andare un po' in giro, perché la nostra nave sarebbe partita solo la mattina seguente.

E mentre passeggiavo, in una piazza incontrai... ancora Fix!

A quel punto mi venne il sospetto che quel tipo ci stesse seguendo. Chissà, forse era stato mandato dagli amici del Club di Londra per controllare il signor Fogg...

Mi avvicinai a Fix con un gran sorriso: dovevo a tutti i costi saperne di più sul suo conto.

«Ti devo parlare di cose importanti» mi disse.

Poi mi invitò ad entrare con lui in un locale.

«Phileas Fogg è il ladro che ha rapinato la Banca d'Inghilterra!» mi annunciò Fix.

«Ma che cosa dici? No, il signor Fogg non può aver fatto nulla di simile!» replicai convinto.

«Te lo assicuro. Di me ti puoi fidare» insistette lui.

«E perché dovrei fidarmi di te?» dissi.

«Sono un agente di polizia – continuò – e ho assolutamente bisogno del tuo aiuto per incastrare Fogg».

«No!» tagliai corto. «Il mio capo è un gentiluomo ed io non ho nessuna intenzione di permetterti di catturarlo. Ah, adesso capisco perché ti trovavo ovunque. Ci stavi seguendo…»

Non feci in tempo a finire.

Fix si avvicinò minaccioso. «Va bene! L'hai voluto tu» disse mentre cercava di colpirmi. «A proposito, la nave per il Giappone parte stasera, non domani. Ma tu non farai in tempo a dirlo a Fogg. Domani arriverà il mandato d'arresto dall'Inghilterra e il vostro viaggio si concluderà qui».

Riuscii a schivare il colpo.

«Fogg è troppo furbo per farsi fermare dai tuoi stupidi trucchi!» gridai.

In quel momento Fix mi diede un gran pugno sul muso.

«Vedremo…» fu l'ultima parola che sentii prima di svenire.

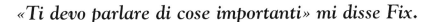

«Ti devo parlare di cose importanti» mi disse Fix.

121

AVVENTURA A YOKOHAMA

Quando mi ripresi era già buio.

Corsi come un disperato verso il porto e solo per un pelo riuscii a salire sulla nave per Yokohama, il *Carnatic*.

Ma presto mi accorsi che Fogg e Auda non c'erano.

Fix, mettendomi fuori combattimento, era riuscito a fermarli.

Era tutta colpa mia: Fogg si era fidato di me ed io non ero riuscito ad avvertirlo in tempo della partenza della nave.

"Ormai è tardi!" pensai disperato, e mi chiesi cosa avrei fatto una volta in Giappone. Arrivato a Yokohama, pensai che, poiché non avevo un soldo in tasca, per prima cosa dovevo trovarmi un lavoro. Mentre riflettevo su cosa avrebbe potuto fare un domestico francese in Giappone, vidi un uomo con un cartello: "*Compagnia dei Nasi-Lunghi Nasi-Lunghi. I più grandi equilibristi del mondo*".
"Interessante!" pensai.
In fin dei conti da giovane non ero male come equilibrista.

Vidi un uomo con un cartello...

Andai dal signor Batulcar, il proprietario della compagnia, e gli feci vedere cosa sapevo fare. Grazie alla mia bravura, quella sera stessa, con una maschera dal lungo naso aguzzo sul volto mi esibii nell'incredibile numero della piramide umana.

Alcuni equilibristi con la maschera nasuta si sdraiavano per terra; poi su ognuno dei loro nasi saliva un equilibrista e così si formava un'altra fila che stava in equilibrio sulla precedente e così via, fino alla cima del tendone da circo. Il numero riusciva ogni volta perfettamente. Almeno fino a quella sera, in cui scorsi tra gli spettatori Phileas Fogg. Quando lo vidi fu tale la mia gioia che, senza pensarci, mi alzai e mi diressi verso la prima fila gridando: «Signor Fogg!». La piramide vacillò paurosamente e cadde, ma non ci feci quasi caso perché ero davvero felice di rivedere Fogg.

Mentre ci allontanavamo dal circo, Batulcar ci corse incontro infuriato. Fogg cercò di calmarlo e gli diede una somma per ripagarlo dei danni subiti.

«Cosa le è successo? Come è arrivato fin qui?» gli chiesi.

«Ne parliamo più tardi, Passepartout. Ora è meglio affrettarci verso il porto: il *Generale Grant* ci aspetta» disse Fogg.

«Il Generale Grant? E chi è?» domandai incuriosito.

«Il piroscafo che ci porterà in America, ovviamente. Andiamo!» tagliò corto lui.

Corsi felice verso la prima fila…

123

Un marinaio si offrì di aiutare Fogg…

Una volta salito sulla nave, vidi una giovane corrermi incontro gridando il mio nome.
Era Auda, che mi abbracciò commossa.

Dopo un buon pranzo, andammo tutti e tre a prendere un po' d'aria sul ponte della nave.
«Allora, raccontatemi cosa vi è accaduto durante la mia assenza!» chiesi incuriosito.
Il signor Fogg e Auda si alternarono nel narrarmi le loro ultime avventure: Auda con la consueta passione, e Fogg con la solita calma.
«Come sai, Auda e io quel giorno non riuscimmo a salire sul piroscafo per il Giappone, che era partito in anticipo rispetto al previsto» iniziò lui.
«Ma Phileas, come sempre, non si perse d'animo» lo interruppe Auda. «Mi chiese se volevo aiutarlo e insieme cercammo un nuovo mezzo di trasporto. Per ore e ore ci aggirammo tra le navi senza trovare nulla che facesse al caso nostro. Iniziavo a perdere la speranza, Phileas invece era tranquillo come sempre, quando un marinaio con un'espressione simpatica si avvicinò a noi chiedendo se per caso ci serviva un passaggio…»
«E chi era?» domandai.
«Il capitano Bunsby, – continuò Fogg – proprietario della goletta *Tankadere*, una nave mercantile non proprio comodissima, ma che aveva tutta l'aria di essere molto veloce. Il capitano Bunsby disse che ci avrebbe accompagnato a Shangai».
«Cosa c'entra Shangai?» chiesi.

«Semplice, Shangai è il porto di partenza del *Generale Grant*, che poi fa scalo a Yokohama. Bunsby ci disse che non potevamo più raggiungere il *Carnatic*, la nave che avevamo perso, ma che lui poteva portarci a Shangai e farci salire direttamente sul piroscafo per l'America» spiegò Fogg. «Insomma, non avevo capito bene tutta quella storia di navi, ma anche a me, come a Phileas, Shangai sembrò la soluzione migliore. E poi Bunsby era un uomo energico, che ispirava fiducia. Così Phileas diede una certa somma al capitano e salimmo sulla goletta *Tankadere*» aggiunse Auda. «Insieme a noi si imbarcò un inglese molto simpatico: anche lui aveva perso il piroscafo per il Giappone e Phileas gentilmente gli offrì un passaggio».

«E come si chiama questo gentiluomo?» chiesi in tono sospettoso.
«Fix, è il signor Fix!» rispose Auda confermando in pieno i miei timori.
"Ancora Fix!" pensai, badando a non farmi sfuggire una sola parola.

Alla fine il mare si calmò...

"Però, a quanto pare, non è riuscito a fermare Fogg neppure questa volta! Ma quando si deciderà a lasciarci in pace?"
«Dopo alcuni giorni di viaggio – continuò Fogg – eravamo poco distanti da Shangai, quando ci imbattemmo in una tempesta, che ci fece perdere un bel po' di tempo».
«Una tempesta tremenda, con onde altissime, tuoni e fulmini a non finire!» aggiunse Auda. «Per fortuna alla fine il mare si calmò e fummo in grado

Poi apparve il Generale Grant...

Sentii qualcuno che mi chiamava...

Eravamo arrivati a San Francisco...

di riprendere la nostra corsa. Era tardi e ormai pensavo che non ce l'avremmo fatta, quando in lontananza apparve il *Generale Grant*, che era salpato dal porto di Shangai e faceva rotta verso Yokohama. Fogg disse a Bunsby di avvicinarsi il più possibile alla nave e di lanciare dei segnali».

«L'equipaggio del *Generale Grant* si accorse di noi, fece accostare la *Tankadere* e ci fece salire a bordo. Appena arrivati a Yokohama, sono salito sul *Carnatic* e ho chiesto di te. E così ti ho trovato. Tutto qui!» concluse Fogg.

Più tardi toccò a me narrare ciò che mi era capitato a Yokohama. Il resto della traversata dell'Oceano Pacifico si svolse senza particolari incidenti.

Ma dov'era finito Fix?

Una mattina, mentre passeggiavo sul ponte, sentii qualcuno che mi chiamava: «Passepartout! Passepartout!».

Era proprio lui, Fix. «Ma non ti sei ancora stancato di seguirci?» lo aggredii.

«Non devi temere la mia presenza, perché i miei piani sono cambiati» disse. «Non voglio più fermare Fogg. Anzi, non vedo l'ora che arrivi in Inghilterra. Lì finalmente sapremo se è un ladro o un gentiluomo».

Fix sembrava sincero. In ogni caso ormai mi ero abituato a lui e, che mi piacesse o meno, avrei dovuto vederlo fino al nostro ritorno a Londra.

Il 3 dicembre scendemmo dalla nave: eravamo arrivati a San Francisco, puntuali come non mai.

DA OCEANO A OCEANO

A quel punto ci aspettava la traversata
degli Stati Uniti d'America in treno.
Mancava qualche ora alla partenza, così
decidemmo di fare una passeggiata.
San Francisco doveva essere una città molto
movimentata, dato che in un attimo fummo
circondati da una gran folla: eravamo finiti
nel bel mezzo di un comizio elettorale.
«Qui sono tutti molto agitati: è meglio
andarsene al più presto!» consigliò Fix che,
come al solito, ci aveva raggiunti.
Fummo tutti d'accordo con lui.
Mentre cercavamo di farci largo tra la folla,
un tale urtò malamente Auda.
«Lasci stare la signora!» intervenne Fix
deciso. Il tipo lo gettò a terra.
A quel punto intervenne Fogg: «Il mio
nome è Phileas Fogg» disse con la solita
calma. «La prego di fare le sue scuse alla
signora!»
«Io sono il colonnello Stamp Proctor –
lo interruppe l'altro – e la sfido a duello».
«A sua disposizione! Ora però mi scusi:
devo assolutamente prendere un treno!»
concluse Fogg e ci fece strada in mezzo
a tutta quella gente scortandoci fino alla
carrozza che ci portò alla stazione.

Ci trovammo in mezzo a un comizio elettorale…

Dovevamo viaggiare lungo tutta la "Ferrovia del Pacifico", e in una settimana saremmo arrivati dall'altra parte degli Stati Uniti, a New York. Da lì partivano le navi per l'Inghilterra.

Una mattina guardavo fuori dal finestrino, quando notai una minacciosa nuvola di polvere all'orizzonte. Si trattava di un'immensa mandria di bisonti, che si avvicinò sempre di più al treno e alla fine decise di attraversare la ferrovia. Fummo costretti a stare fermi per ore e ore ad aspettare che tutti i bisonti passassero dall'altra parte dei binari.

Preoccupato per il ritardo che questo inconveniente avrebbe causato, sarei sceso dalla mia carrozza a spostare i bisonti uno a uno, se ciò fosse servito a farci ripartire più in fretta!

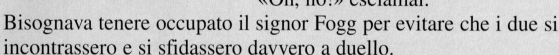

Prendemmo il treno…

Anche Auda e Fix erano in ansia quanto me: solo il signor Fogg osservava lo spettacolo senza scomporsi.

Quando finalmente riprendemmo il viaggio, Fix si avvicinò a me con aria sconvolta. «Sai chi sta viaggiando su questo treno?» disse.

«Chi?» domandai io.

«Il colonnello Proctor!»

«Oh, no!» esclamai.

Bisognava tenere occupato il signor Fogg per evitare che i due si incontrassero e si sfidassero davvero a duello.

Per fortuna Fogg cominciò a giocare a carte; ma, durante una partita, si profilò dietro di lui l'ombra di Proctor.

«Ancora voi!» tuonò il colonnello.

Fogg si girò e gli disse: «Sono pronto a battermi, se volete».

Poi posò le carte sul tavolo, si alzò e: «Le faccio strada, colonnello!»

Insieme si diressero verso un vagone vuoto.

Auda impallidì.

«Phileas!» esclamò preoccupata.

Poi gli si avvicinò e gli raccomandò, con un filo di voce: «Stai attento, ti prego!».

Ma qualcosa di imprevisto stava per accadere…

Una mandria di bisonti si avvicinò al treno...

L'ASSALTO INDIANO

Mentre Phileas Fogg e il colonnello Proctor si preparavano ad affrontarsi, sentimmo provenire dall'esterno delle urla selvagge e un rumore di zoccoli di cavalli al galoppo.

«Gli indiani! Gli indiani!» gridavano terrorizzati i passeggeri del treno correndo su e giù alla ricerca di un nascondiglio.

Dopo i primi momenti di panico, organizzammo la difesa.

Auda e Fix si batterono con coraggio, così come Fogg e Proctor che, per resistere all'assalto degli indiani, rinunciarono momentaneamente al duello.

«Bisogna assolutamente rallentare il treno!» disse un passeggero.

«Se riuscissimo a sganciare la locomotiva, potremmo fermarci poco più avanti, alla stazione di Fort Kearney. Sono certo che i soldati del fortino verrebbero in nostro aiuto!» intervenne Proctor.

...sentimmo delle urla selvagge e un rumore di zoccoli: erano gli indiani!

«Vado io!» esclamò Fogg con decisione.

Ma io non gliene diedi il tempo: uscii dallo scompartimento, mi lasciai scivolare sotto il vagone e arrivai in testa al treno, dove riuscii a sganciare la locomotiva. Un indiano mi raggiunse e mi diede un colpo in testa, che mi fece perdere i sensi.

Quando mi svegliai ero legato e imbavagliato.

Era notte e nevicava fitto. Vicino a me degli indiani si scaldavano intorno al fuoco.

Stavo riflettendo su come uscire da quella situazione, quando vidi arrivare al galoppo un gruppo di soldati guidati da un signore elegante.

«È il signor Fogg!» esultai quando lo vidi avvicinarsi.

Gli indiani si diedero alla fuga e io fui finalmente libero.

«Grazie! Lei mi ha salvato la vita!» dissi riconoscente a Fogg.

Sapevo che, per venire a cercarmi, aveva perso del tempo prezioso.

«Andiamo, Auda ci aspetta alla stazione! C'è anche Fix» tagliò corto Fogg invitandomi a montare a cavallo.

Cavalcammo per alcune ore, infine arrivammo alla stazione.

Auda, che era stata molto in pensiero per noi, ci stava aspettando.

«Ma… il treno? Dov'è il treno?» chiesi io.

«È partito ieri sera!» intervenne Auda.

«No!» mi disperai. «Se non fosse stato per me, avreste preso il treno.
È tutta colpa mia!»

Il signor Fogg si sedette a riflettere sul da farsi. Avevamo venti ore di
ritardo e chissà quando sarebbe passato di lì un altro treno.

Improvvisamente Fix disse: «Conosco un modo per raggiungere il treno!».

«Tu, Fix? Smettila di scherzare!» lo rimproverai.

«Dico sul serio! Venite con me!»

Ci portò dietro la stazione. «Ecco il nostro nuovo mezzo di trasporto!» disse
trionfante mostrandoci una slitta sulla quale era issata una vela.

«Andiamo!» disse Fogg.

Sfruttando la forza del vento e scivolando sulla neve, procedemmo rapidi
per chilometri e chilometri.

A un certo punto comparve il treno che avevamo perso: era proprio lì,
davanti a noi! Salimmo in tutta fretta e finalmente potemmo riposarci un po'.

Auda, che era stata molto in pensiero per noi, ci stava aspettando…

Sfruttando la forza del vento procedemmo rapidi per chilometri e chilometri...

In breve tempo arrivammo a New York: il treno si sarebbe fermato al porto, proprio davanti al piroscafo che partiva per l'Inghilterra.

«Finalmente le cose iniziano ad andare per il verso giusto!» dissi mentre scendevo dal treno.

Avevo parlato troppo presto: sul molo non c'era traccia del piroscafo, che era partito un'ora prima.

Io ero disperato: ci restavano solo nove giorni e non avevamo più alcuna speranza di arrivare in tempo!

Fogg invece, non sembrava per niente preoccupato e si guardava intorno in cerca di una soluzione.

133

A TUTTO VAPORE!

D'un tratto il mio principale si diresse verso una nave mercantile e io lo seguii.
«Mi chiamo Phileas Fogg, potrei parlare con il capitano?» chiese.
«Sono io, signore. Il mio nome è Andrew Speedy» fu la risposta.
«Dove state andando?» domandò Fogg.
«In Francia» rispose Speedy.
«Che ne direste di accompagnare me e i miei amici in Inghilterra, a Liverpool? Sarete generosamente ricompensato!» propose Fogg.

«No! La mia *Henrietta* è una nave da carico, non una nave passeggeri».

Speedy fu chiuso in una cabina...

Fogg non disse altro.
Prese un bel mucchietto di soldi dalla borsa, li mise nelle mani di Speedy e chiese: «A che ora si parte?».
«Tra un'ora!» rispose Speedy ancora incredulo, ma convinto.
Fogg, per evitare problemi durante il viaggio, fece chiudere Speedy in una cabina e prese il comando al suo posto. Il capitano si arrabbiò molto, ma alla fine dovette rassegnarsi: si sarebbe fatto qualche giorno di riposo e avrebbe guadagnato tanti soldi senza far nulla.

Così, Phileas Fogg si mise al timone dell'*Henrietta* come un vecchio lupo di mare. Viaggiavamo spediti e saremmo arrivati a Liverpool in meno di un giorno quando… «È finito il carbone, signore! Tra poco non avremo più niente da bruciare e ci fermeremo in mezzo al mare!» gli comunicò

«*Porta qui il capitano Speedy!*»

un marinaio. Il signor Fogg ci pensò un attimo, poi disse: «Per favore, accompagna qui il capitano Speedy! Quando Speedy arrivò sul ponte, era piuttosto nervoso.
«Come si è permesso di farmi rinchiudere in quel modo? E sulla mia nave, poi!»
Fogg, con voce ferma, si limitò a chiedere: «Mi venderebbe la sua nave?».
«Cosa?» gridò Speedy.
Fogg allora convinse il capitano con il solito metodo: gli diede una bella somma di denaro.
Subito dopo convocò l'equipaggio.
«Ora sono io il proprietario della nave. Quindi prendete tutto il legno che trovate e usatelo come combustibile al posto del carbone! E quando dico tutto il legno, signori, intendo proprio tutto! È tutto chiaro? All'opera, allora, datevi da fare!» li esortò il signor Fogg.
«Un ordine è un ordine. Se il capitano vuole il legno, avrà il legno» disse il più vecchio dei marinai cominciando a staccare una porta dai cardini.

«*Mi venderebbe la sua nave?*»

135

… pian piano furono demolite le cabine, gli alberi, il ponte.

Gli altri lo imitarono, così pian piano furono demolite le cabine, gli alberi, il ponte. Tutto il legno fu bruciato e ciò ci consentì di arrivare a tutto vapore fino a Dublino, in Irlanda.

A quel punto però il combustibile era finito e della nave rimanevano solo le parti metalliche: bisognava scendere a terra e trovare un altro mezzo per arrivare a Liverpool.

«C'è una nave postale, signor Fogg, che parte da qui e arriva a Liverpool in poche ore» suggerì Speedy, che in fondo aveva una certa ammirazione per il coraggio di Fogg. «Potreste cercare di farvi dare un passaggio!»

Fogg si fece indicare il luogo in cui potevamo trovare la nave, e subito salimmo a bordo.

Il viaggio non fu dei più confortevoli: eravamo seduti su scatole di cartone in un vagone pieno zeppo di lettere, pacchi, raccomandate e carta d'ogni tipo.

Il viaggio non fu dei più confortevoli…

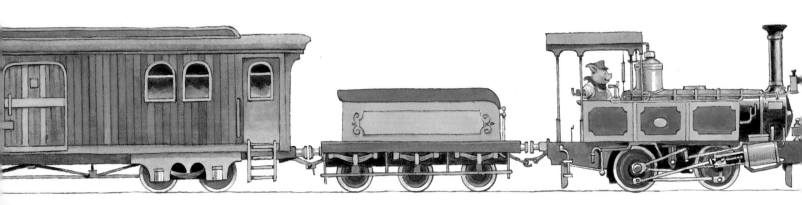

Poiché ogni tanto precipitava qualcosa dagli scaffali più alti, l'unica nostra preoccupazione per tutto il tempo che restammo là dentro fu di evitare che ci cadesse in testa un pacco di quelli particolarmente pesanti.

Solo Fogg sembrava non preoccuparsi minimamente della cosa.

Dopo qualche ora finalmente sbarcammo a Liverpool.

La stazione era proprio davanti ai nostri occhi e in meno di sei ore di treno saremmo stati a Londra. Era il mezzogiorno del 21 dicembre.

«Ce la possiamo ancora fare!» esclamai con convinzione.

Ma avevo parlato troppo presto!

Fu allora che Fix, che era rimasto con noi per tutto il tempo, disse: «Signor Phileas Fogg?».

«Sì? Che c'è?» chiese il mio principale con aria interrogativa.

«Sono un agente di polizia, e in nome della legge vi dichiaro in arresto!» esclamò trionfante quel brutto muso.

Sotto lo sguardo attonito mio e di Auda, Fix mise le manette a Fogg che, anche se non comprendeva il motivo di tale gesto, da vero gentiluomo qual era non oppose resistenza. Fix lo accompagnò al primo posto di polizia e noi li seguimmo avviliti. Infine fu rinchiuso in una piccola cella, mentre noi ci sedemmo mogi mogi dall'altra parte delle sbarre, sperando che accadesse qualcosa.

Mi sentivo malissimo: forse avrei dovuto avvertire Fogg del pericolo, sarebbe stato meglio dirgli che Fix era un poliziotto che lo voleva arrestare!

«È tutta colpa mia!» continuavo a ripetere.

Per fortuna c'era Auda, che cercava in tutti i modi di tirarmi su di morale.

«Vi dichiaro in arresto!»

Fogg fu rinchiuso
in una piccola cella...

«Non è ancora tutto perduto!» diceva, anche se forse non era tanto convinta nemmeno lei.

Intanto le ore passavano: Fogg era rinchiuso in prigione e stava per perdere tutto.

Ma, invece di urlare e disperarsi, se ne stava seduto su una panca e fissava il vuoto senza dare alcun segno di nervosismo.

Alle tre meno un quarto capii che era finita: mancavano sei ore allo scadere degli ottanta giorni e ci volevano esattamente sei ore di treno per arrivare fino alla stazione di Charing Cross, a Londra.

Non sarebbe mai stato possibile arrivare in tempo.

Subito dopo però accadde qualcosa.

Alle tre Fix entrò trafelato, aprì la cella del signor Fogg e iniziò a balbettare confusamente: «Mi perdoni, signore… il ladro… ecco… è stato arrestato tre giorni fa. Lei è innocente, può andare».

Phileas Fogg con calma si alzò in piedi, fissò l'agente Fix negli occhi e… gli sferrò un pugno sul muso!

«Bravo!» esclamai. «È così che si fa!»

Fix non replicò, perché sapeva che quel pugno se l'era meritato.

«In fondo – gli dissi – un pugno sul naso è ancora troppo poco in confronto a quello che hai fatto».

«Andiamo!» disse Fogg invitandoci a seguirlo di corsa.

E noi corremmo dietro di lui, con tutte le forze che ci restavano.

Ci precipitammo alla stazione, dove Fogg chiese un treno tutto per noi e diede al macchinista una mancia perché arrivasse a Londra a tempo di record.

Sfrecciammo sui binari a tutta velocità e fino all'ultimo io e Auda fummo convinti di poter ancora arrivare in tempo.

Invece era stato tutto inutile.

Quando il treno arrivò a destinazione, gli orologi segnavano le nove meno dieci. Phileas Fogg era riuscito a fare il giro del mondo, ma era arrivato in ritardo di cinque minuti.

Aveva perso.

... era stato tutto inutile. Quando il treno arrivò a destinazione, gli orologi segnavano le nove meno dieci.

UN PICCOLO ERRORE

Andammo a casa senza dire una parola.
Preparai una stanza per Auda e Fogg
andò in salotto. Stava fermo in piedi
davanti al camino, in silenzio.
La mattina dopo (era domenica)
si chiuse nel suo studio a riflettere
e a sistemare i suoi affari.
Continuavo a sentirmi in colpa.
Se gli avessi detto chi era Fix, forse
avrebbe potuto fare qualcosa per
evitare di essere arrestato.
A un certo punto andai da lui e
disperato gli dissi: «È a causa mia se si
trova in questo pasticcio, signore. Io…».

«Sono io la causa di questo pasticcio!»

Phileas Fogg non mi lasciò finire:
mi disse di stare tranquillo. Ma non
ci riuscii: per tutto il giorno mi
aggirai in casa in preda all'ansia.
Ogni tanto io e Auda, che era
disperata quanto me, ci
consolavamo a vicenda.
Quella sera lei andò da Fogg.
Quando la vide, lui la guardò e le
chiese scusa per tutti i problemi che
le aveva causato.
«Ma che dici?» lo interruppe lei.
«Tu mi hai salvato la vita!»

Io, che stavo sbirciando da dietro la porta,
lo vidi arrossire.

«Ti ringrazio molto Auda, ma non voglio
metterti nei guai».

Auda continuò: «Non ti abbandonerò, Phileas.
Voglio restare con te. A proposito, Phileas,
vuoi sposarmi?».

In quel momento vidi per la prima volta
Phileas Fogg perdere la sua solita calma.
Tremava come una foglia e gli occhi gli
brillavano. Rimase per un po' in silenzio
e poi, con un filo di voce, disse: «Ti amo,
Auda. E non speravo neppure che ti piacesse

«Phileas, vuoi sposarmi?»

uno come me!». Subito dopo mi chiamò: «Passepartout!»

«Sì, signore, sono qui!» entrai e, vedendo che si tenevano per mano, fui
molto felice per loro.

«Va' dal reverendo Wilson e chiedigli se domani, lunedì 23 dicembre, può
celebrare un matrimonio!» disse Fogg, che, per la prima volta da quando lo
conoscevo, sorrideva.

Quando uscii di casa per andare dal reverendo erano da poco passate le otto
di sera. Pensavo di rimanere a parlare col reverendo molto tempo, per

Andai dal reverendo... ma poco dopo mi precipitai a casa con una notizia...

141

«Sono qui!» disse Fogg, lasciando di stucco i suoi compagni del Club.

definire i dettagli della cerimonia, invece rimasi con lui giusto un paio
di minuti prima di precipitarmi in strada correndo verso casa.
Ma andiamo con ordine.
Dunque, entrai in chiesa e dissi al reverendo: «Vorrei prenotare la chiesa
per domani, lunedì 23 dicembre. È per un matrimonio. Sa, il mio principale
si sposa!».
Lui ripose: «Bene, sono sempre contento di celebrare un matrimonio. Però
lunedì 23 dicembre non è domani, bensì dopodomani. Oggi è sabato».
Ecco perché tornai immediatamente a casa: la scommessa non era ancora
persa e per Phileas Fogg non c'era neppure un secondo da perdere!
Oltrepassai la soglia gridando: «Signore! Signore!». E, come un fulmine,
lo raggiunsi nel suo studio. Gli infilai il cappotto e lo trascinai fuori.
«Ma che ti prende, Passepartout? Sei impazzito?» protestò Fogg.
Non risposi: lo spinsi a forza su una carrozza e ordinai al cocchiere
di correre a tutta velocità al Reform Club.
Erano già le otto e mezza passate: restava ancora pochissimo tempo.

C'erano tutti quelli che avevano scommesso...

«Ora mi spiegherai cosa sta succedendo!» disse Fogg.

«Signore, – gli accennai brevemente – oggi non è domenica 22 dicembre, ma sabato 21. Ci siamo sbagliati di un giorno!».

«Com'è possibile?» domandò Fogg stupito.

«Non ce n'eravamo accorti ma, facendo il giro del mondo da est a ovest, abbiamo guadagnato un giorno. Se avessimo viaggiato da ovest a est l'avremmo perso. Senza saperlo, siamo arrivati un giorno prima! Dunque ce l'ha fatta!» esclamai.

Fogg mi fissava incredulo, senza riuscire a dire una parola.

Quando la carrozza si fermò, si precipitò fuori e salì a due a due i gradini che portavano all'entrata del circolo.

Alle otto e quarantacinque di sabato 21 dicembre Phileas Fogg attraversò la soglia del Reform Club.

Aveva vinto la scommessa: ce l'aveva fatta, era riuscito a compiere il giro del mondo in ottanta giorni!

«Sono qui!» disse, lasciando di stucco i suoi compagni del Club.

C'erano tutti quelli che avevano scommesso: Stuart, Sullivan, Fallentin, Flanagan e Ralph. In un primo momento lo fissarono stupiti, poi si congratularono con lui per il successo dell'impresa.

Eh, sì, Phileas Fogg aveva vinto!

Tutto in un colpo era diventato ricco e famoso.

E, cosa molto più importante, era veramente felice.

Lunedì 23 dicembre, come stabilito, fu celebrato il matrimonio di Phileas Fogg con la splendida Auda.

Il testimone della sposa era un elegante, raffinato e radioso francese: modestamente, io.

Phileas Fogg aveva avuto due doni bellissimi: l'amore di una creatura meravigliosa come Auda e la mia eterna amicizia.

L'amore e l'amicizia: non vale forse la pena di attraversare tutto il mondo per trovare qualcosa di tanto prezioso?

FINE